Septembre
2023
Décembre
2024

Agenda familial

L'OUTIL INDISPENSABLE POUR S'ORGANISER EN FAMILLE

TOUT EN RÉVISANT LE FRANÇAIS

avec

MaitressAdeline

MARABOUT

CALENDRIER 2023-2024

Septembre		Octobre		Novembre		Décembre	
1 V		1 D		1 M		1 V	
2 S	35	2 L		2 J		2 S	48
3 D		3 M		3 V	44	3 D	
4 L		4 M		4 S		4 L	
5 M		5 J	40	5 D		5 M	
6 M		6 V		6 L		6 M	
7 J	36	7 S		7 M		7 J	49
8 V		8 D		8 M		8 V	
9 S		9 L		9 J	45	9 S	
10 D		10 M		10 V		10 D	
11 L		11 M		11 S		11 L	
12 M		12 J	41	12 D		12 M	
13 M		13 V		13 L		13 M	
14 J	37	14 S		14 M		14 J	50
15 V		15 D		15 M		15 V	
16 S		16 L		16 J	46	16 S	
17 D		17 M		17 V		17 D	
18 L		18 M		18 S		18 L	
19 M		19 J	42	19 D		19 M	
20 M		20 V		20 L		20 M	
21 J	38	21 S		21 M		21 J	51
22 V		22 D		22 M		22 V	
23 S		23 L		23 J	47	23 S	
24 D		24 M		24 V		24 D	
25 L		25 M		25 S		25 L	
26 M		26 J	43	26 D		26 M	
27 M		27 V		27 L		27 M	
28 J	39	28 S		28 M	48	28 J	52
29 V		29 D		29 M		29 V	
30 S		30 L	44	30 J		30 S	
		31 M				31 D	

Zone A Besançon, Bordeaux, Clermont-Ferrand, Dijon, Grenoble, Limoges, Lyon, Poitiers
Zone B Aix-Marseille, Amiens, Lille, Nancy-Metz, Nantes, Nice, Normandie, Orléans-Tours, Reims, Rennes et Strasbourg
Zone C Créteil, Montpellier, Paris, Toulouse, Versailles

Janvier		Février		Mars		Avril	
1 L		1 J		1 V		1 L	
2 M		2 V	5	2 S	9	2 M	
3 M		3 S		3 D		3 M	
4 J	1	4 D		4 L		4 J	14
5 V		5 L		5 M		5 V	
6 S		6 M		6 M		6 S	
7 D		7 M		7 J	10	7 D	
8 L		8 J	6	8 V		8 L	
9 M		9 V		9 S		9 M	
10 M		10 S		10 D		10 M	
11 J	2	11 D		11 L		11 J	15
12 V		12 L		12 M		12 V	
13 S		13 M		13 M		13 S	
14 D		14 M		14 J	11	14 D	
15 L		15 J	7	15 V		15 L	
16 M		16 V		16 S		16 M	
17 M		17 S		17 D		17 M	
18 J	3	18 D		18 L		18 J	16
19 V		19 L		19 M		19 V	
20 S		20 M		20 M		20 S	
21 D		21 M		21 J	12	21 D	
22 L		22 J	8	22 V		22 L	
23 M		23 V		23 S		23 M	
24 M		24 S		24 D		24 M	
25 J	4	25 D		25 L		25 J	17
26 V		26 L		26 M		26 V	
27 S		27 M	9	27 M		27 S	
28 D		28 M		28 J	13	28 D	
29 L		29 J		29 V		29 L	18
30 M	5			30 S		30 M	
31 M				31 D			

CALENDRIER 2023-2024

Mai		Juin		Juillet		Août	
1 M		1 S	22	1 L		1 J	
2 J		2 D		2 M		2 V	31
3 V	18	3 L		3 M		3 S	
4 S		4 M		4 J	27	4 D	
5 D		5 M		5 V		5 L	
6 L		6 J	23	6 S		6 M	
7 M		7 V		7 D		7 M	
8 M		8 S		8 L		8 J	32
9 J	19	9 D		9 M		9 V	
10 V		10 L		10 M		10 S	
11 S		11 M		11 J	28	11 D	
12 D		12 M		12 V		12 L	
13 L		13 J	24	13 S		13 M	
14 M		14 V		14 D		14 M	
15 M		15 S		15 L		15 J	33
16 J	20	16 D		16 M		16 V	
17 V		17 L		17 M		17 S	
18 S		18 M		18 J	29	18 D	
19 D		19 M		19 V		19 L	
20 L		20 J	25	20 S		20 M	
21 M		21 V		21 D		21 M	
22 M		22 S		22 L		22 J	34
23 J	21	23 D		23 M		23 V	
24 V		24 L		24 M		24 S	
25 S		25 M		25 J	30	25 D	
26 D		26 M		26 V		26 L	
27 L		27 J	26	27 S		27 M	
28 M		28 V		28 D		28 M	
29 M	22	29 S		29 L		29 J	35
30 J		30 D		30 M	31	30 V	
31 V				31 M		31 S	

Zone A Besançon, Bordeaux, Clermont-Ferrand, Dijon, Grenoble, Limoges, Lyon, Poitiers
Zone B Aix-Marseille, Amiens, Lille, Nancy-Metz, Nantes, Nice, Normandie, Orléans-Tours, Reims, Rennes et Strasbourg
Zone C Créteil, Montpellier, Paris, Toulouse, Versailles

Septembre		Octobre		Novembre		Décembre	
1 D		1 M		1 V		1 D	
2 L		2 M		2 S	44	2 L	
3 M		3 J		3 D		3 M	
4 M		4 V	40	4 L		4 M	
5 J	36	5 S		5 M		5 J	49
6 V		6 D		6 M		6 V	
7 S		7 L		7 J	45	7 S	
8 D		8 M		8 V		8 D	
9 L		9 M		9 S		9 L	
10 M		10 J	41	10 D		10 M	
11 M		11 V		11 L		11 M	
12 J	37	12 S		12 M		12 J	50
13 V		13 D		13 M		13 V	
14 S		14 L		14 J	46	14 S	
15 D		15 M		15 V		15 D	
16 L		16 M		16 S		16 L	
17 M		17 J	42	17 D		17 M	
18 M		18 V		18 L		18 M	
19 J	38	19 S		19 M		19 J	51
20 V		20 D		20 M		20 V	
21 S		21 L		21 J	47	21 S	
22 D		22 M		22 V		22 D	
23 L		23 M		23 S		23 L	
24 M		24 J	43	24 D		24 M	
25 M		25 V		25 L		25 M	
26 J	39	26 S		26 M		26 J	52
27 V		27 D		27 M		27 V	
28 S		28 L		28 J	48	28 S	
29 D		29 M		29 V		29 D	
30 L		30 M	44	30 S		30 L	
		31 J				31 M	1

LA FAMILLE

COLLEZ ICI VOTRE PHOTO

DE FAMILLE !

Nom de la famille

Adresse

Code postal

Ville

Tél. maison

E-mail

Nombre d'enfants

LES PARENTS

PARENT 1

Nom

Prénom

Tél. portable

E-mail

Profession

Adresse professionnelle

Tél. professionnel

E-mail professionnel

Horaires de travail

PARENT 2

Nom

Prénom

Tél. portable

E-mail

Profession

Adresse professionnelle

Tél. professionnel

E-mail professionnel

Horaires de travail

GRANDS-PARENTS PARENT 1

Nom

Prénoms /

Tél.

Adresse

E-mail

GRANDS-PARENTS PARENT 2

Nom

Prénoms /

Tél.

Adresse

E-mail

AUTRE PARENT

Nom

Prénom

Tél. portable

E-mail

Profession

Adresse professionnelle

Tél. professionnel

E-mail professionnel

Horaires de travail

AUTRE PARENT

Nom

Prénom

Tél. portable

E-mail

Profession

Adresse professionnelle

Tél. professionnel

E-mail professionnel

Horaires de travail

LES ENFANTS

PRÉNOM : ____________

COLLE TA PHOTO ICI !

Classe

Sexe

Âge

Date d'anniversaire

Taille Poids

Pointure

Groupe sanguin

Activités

Allergies/maladies

Instructions particulières

Tél.

ÉCOLE

Contact

Tél.

Adresse

CENTRE DE LOISIRS

Contact

Tél.

Adresse

ACTIVITÉ

Jour/horaire

Contact

Tél.

Adresse

ACTIVITÉ

Jour/horaire

Contact

Tél.

Adresse

COPAINS

Nom	Prénom	Parents	Tél.	Adresse

LES ENFANTS

PRÉNOM : ____________________

COLLE
TA PHOTO
ICI !

Classe

Sexe

Âge

Date d'anniversaire

Taille Poids

Pointure

Groupe sanguin

Activités

Allergies/maladies

Instructions particulières

Tél.

ÉCOLE

Contact

Tél.

Adresse

CENTRE DE LOISIRS

Contact

Tél.

Adresse

ACTIVITÉ

Jour/horaire

Contact

Tél.

Adresse

ACTIVITÉ

Jour/horaire

Contact

Tél.

Adresse

COPAINS

Nom	Prénom	Parents	Tél.	Adresse

LES ENFANTS

PRÉNOM :

COLLE
TA PHOTO
ICI !

Classe

Sexe

Âge

Date d'anniversaire

Taille Poids

Pointure

Groupe sanguin

Activités

Allergies/maladies

Instructions particulières

Tél.

ÉCOLE

Contact

Tél.

Adresse

CENTRE DE LOISIRS

Contact

Tél.

Adresse

ACTIVITÉ

Jour/horaire

Contact

Tél.

Adresse

ACTIVITÉ

Jour/horaire

Contact

Tél.

Adresse

COPAINS

Nom	Prénom	Parents	Tél.	Adresse

LES ENFANTS

PRÉNOM : ____________

COLLE TA PHOTO ICI !

Classe

Sexe

Âge

Date d'anniversaire

Taille Poids

Pointure

Groupe sanguin

Activités

Allergies/maladies

Instructions particulières

Tél.

ÉCOLE

Contact

Tél.

Adresse

CENTRE DE LOISIRS

Contact

Tél.

Adresse

ACTIVITÉ

Jour/horaire

Contact

Tél.

Adresse

ACTIVITÉ

Jour/horaire

Contact

Tél.

Adresse

COPAINS

Nom	Prénom	Parents	Tél.	Adresse

LES EMPLOIS DU TEMPS

PRÉNOM :

Horaires	LUNDI	MARDI	MERCREDI	JEUDI	VENDREDI	SAMEDI
8H-9H						
9H-10H						
10H-11H						
11H-12H						
12H-13H						
13H-14H						
14H-15H						
15H-16H						
16H-17H						
17H-18H						
18H-19H						
19H-20H						

PRÉNOM :

Horaires	LUNDI	MARDI	MERCREDI	JEUDI	VENDREDI	SAMEDI
8H-9H						
9H-10H						
10H-11H						
11H-12H						
12H-13H						
13H-14H						
14H-15H						
15H-16H						
16H-17H						
17H-18H						
18H-19H						
19H-20H						

PRÉNOM :

Horaires	LUNDI	MARDI	MERCREDI	JEUDI	VENDREDI	SAMEDI
8H-9H						
9H-10H						
10H-11H						
11H-12H						
12H-13H						
13H-14H						
14H-15H						
15H-16H						
16H-17H						
17H-18H						
18H-19H						
19H-20H						

PRÉNOM :

Horaires	LUNDI	MARDI	MERCREDI	JEUDI	VENDREDI	SAMEDI
8H-9H						
9H-10H						
10H-11H						
11H-12H						
12H-13H						
13H-14H						
14H-15H						
15H-16H						
16H-17H						
17H-18H						
18H-19H						
19H-20H						

LES NUMÉROS POUR TOUS LES JOURS

MÉDECINS

GÉNÉRALISTE
Nom
Tél.
Adresse

PÉDIATRE
Nom
Tél.
Adresse

DENTISTE
Nom
Tél.
Adresse

ORL
Nom
Tél.
Adresse

OPHTALMO
Nom
Tél.
Adresse

DERMATO
Nom
Tél.
Adresse

KINÉ
Nom
Tél.
Adresse

OSTÉO
Nom
Tél.
Adresse

GYNÉCO
Nom
Tél.
Adresse

PSY
Nom
Tél.
Adresse

AUTRE
Nom
Tél.
Adresse

AUTRE
Nom
Tél.
Adresse

EN CAS D'URGENCE

SOS Médecins : **3624**

Police secours : **17**

Pompiers : **18**

Centre antipoison

Urgences pédiatriques

Commissariat

Mairie

Clinique

Hôpital

SAMU : **15**

POUR LA MAISON / LA VOITURE

MÉNAGE

Nom

Tél.

PLOMBIER

Nom

Tél.

SERRURIER

Nom

Tél.

AUTRE

Nom

Tél.

ÉLECTRICITÉ

Nom

Tél.

GAZ

Nom

Tél.

GARAGE

Nom

Tél.

AUTRE

Nom

Tél.

LES NUMÉROS POUR TOUS LES JOURS

POUR LE QUOTIDIEN

COIFFEUR
Nom
Tél.

TAXI
Nom
Tél.

VÉTÉRINAIRE
Nom
Tél.

AUTRE
Nom
Tél.

AUTRE
Nom
Tél.

AUTRE
Nom
Tél.

VOISIN
Nom
Tél.

VOISIN
Nom
Tél.

VOISIN
Nom
Tél.

GARDIEN
Nom
Tél.

NOUNOU / BABY-SITTER

Nom
Jours/horaires
Tél.

Nom
Jours/horaires
Tél.

Nom
Jours/horaires
Tél.

Nom
Jours/horaires
Tél.

LES CODES ET INFOS ESSENTIELS

SÉCURITÉ SOCIALE

Tél.

Adresse

Identifiant

Mot de passe

MUTUELLE PARENT 1

Contrat n°

Tél.

Adresse

Identifiant

Mot de passe

MUTUELLE PARENT 2

Contrat n°

Tél.

Adresse

Identifiant

Mot de passe

CAF

N°

Tél.

Adresse

Identifiant

Mot de passe

IMPÔTS

N°

Tél.

Adresse

Identifiant

Mot de passe

AUTRE

Tél.

Adresse

Identifiant

Mot de passe

AUTRE

Tél.

Adresse

Identifiant

Mot de passe

AUTRE

Tél.

Adresse

Identifiant

Mot de passe

AUTRE

Tél.

Adresse

Identifiant

Mot de passe

AUTRE

Tél.

Adresse

Identifiant

Mot de passe

LE BUDGET FAMILIAL DE L'ANNÉE

Catégories	SEPTEMBRE	OCTOBRE	NOVEMBRE
Salaire 1			
Salaire 2			
Autres revenus			
Loyer/emprunt			
Eau			
Gaz/électricité/autres			
Assurance			
Impôts locaux/fonciers			
Charges de copro			
Voiture			
Assurance			
Essence			
Péages			
Entretien			
Métro/bus			
Courses			
Abonnements			
Mutuelle			
Médecins			
Pharmacie			
École/cantine			
Soutien scolaire			
Activités			
Ménage/repassage			
Baby-sitting			
Vêtements			
Autres dépenses			
Frais animaux de compagnie			
Activités, restos, sorties			
Autres dépenses			
Épargne			

DÉCEMBRE	JANVIER	FÉVRIER	MARS	AVRIL

LE BUDGET FAMILIAL DE L'ANNÉE

Catégories	MAI	JUIN	JUILLET
Salaire 1			
Salaire 2			
Autres revenus			
Loyer/emprunt			
Eau			
Gaz/électricité/autres			
Assurance			
Impôts locaux/fonciers			
Charges de copro			
Voiture			
Assurance			
Essence			
Péages			
Entretien			
Métro/bus			
Courses			
Abonnements			
Mutuelle			
Médecins			
Pharmacie			
École/cantine			
Soutien scolaire			
Activités			
Ménage/repassage			
Baby-sitting			
Vêtements			
Autres dépenses			
Frais animaux de compagnie			
Activités, restos, sorties			
Autres dépenses			
Épargne			

AOÛT	SEPTEMBRE	OCTOBRE	NOVEMBRE	DÉCEMBRE

LES VACANCES

BUDGET

	LES VACANCES DU ... AU	LES VACANCES DU ... AU	LES VACANCES DU ... AU	LES VACANCES DU ... AU ....
Transport				
Déplacements sur place				
Hébergement				
Activités et sorties				
Repas				
Souvenirs				
Budget total à prévoir				

IDÉES DE DESTINATION

NE PAS OUBLIER

AUTOMNE

PRINTEMPS

HIVER

ÉTÉ

LES BEAUX ÉVÉNEMENTS

SEPTEMBRE

OCTOBRE

NOVEMBRE

DÉCEMBRE

JANVIER

FÉVRIER

MARS

AVRIL

MAI

JUIN

JUILLET

AOÛT

SEPTEMBRE

OCTOBRE

NOVEMBRE

DÉCEMBRE

ON A PRÊTÉ...

QUOI ?	À QUI ?	QUAND ?	C'EST RENDU !

ON A EMPRUNTÉ…

QUOI ?	À QUI ?	QUAND ?	C'EST RENDU !

2023

SEPTEMBRE

	Lundi	Mardi	Mercredi	Jeudi	Vendredi	Samedi	Dimanche
SEMAINE 35	28	29	30	31	1	2	3
SEMAINE 36	4 *Rentrée scolaire*	5	6	7	8	9	10
SEMAINE 37	11	12	13	14	15	16	17
SEMAINE 38	18	19	20	21 *Journée internationale de la paix*	22	23 *AUTOMNE*	24
SEMAINE 39	25	26	27	28	29	30	1

l'impératif présent

Je ne sais jamais s'il faut mettre un s à la fin du verbe !

L'impératif est le mode de l'ordre, du conseil et de l'interdiction.
Il ne se conjugue qu'à 3 personnes.

* 2e personne du singulier

→ terminaisons : « -e », « -a » ou « -s »

Les verbes du 1er groupe à la 2e personne perdent le s après le -e.

Exemples : Va dans le salon.
Pars de chez moi.
Chante~~s~~ avec moi ! → Chante avec moi !

* 1re personne du pluriel

→ terminaison : « -ons »

Exemple : Visitons ce château.

* 2e personne du pluriel

→ terminaison : « -ez »

Exemple : Finissez le dossier avant demain.

Septembre 2023

SEMAINE 35

Lundi 28	Mardi 29	Mercredi 30
ST AUGUSTIN	STE SABINE	ST FIACRE
8h	8h	8h
12h	12h	12h
MENU	MENU	MENU

TO DO DE LA SEMAINE

- ☐
- ☐
- ☐
- ☐
- ☐
- ☐
- ☐
- ☐

SEPTEMBRE 2023

LUN.	MAR.	MER.	JEU.	VEN.	SAM.	DIM.
				1	2	3
4	5	6	7	8	9	10
11	12	13	14	15	16	17
18	19	20	21	22	23	24
25	26	27	28	29	30	

Jeudi 31

ST ARISTIDE

8h

12h

MENU

Vendredi 1

ST GILLES

8h

12h

MENU

Samedi 2

STE INGRID

MENU

Dimanche 3

ST GRÉGOIRE

MENU

QUIZ DE LA SEMAINE

Quelle est la bonne orthographe de l'impératif du verbe «apprendre» dans cette phrase?

. . . . tes cours pour l'évaluation de demain.

☐ **Apprend**

☐ **Apprends**

RÉPONSE
DU QUIZ

Septembre 2023

SEMAINE 36

Lundi 4

STE ROSALIE
Rentrée scolaire

8h

12h

MENU

Mardi 5

STE RAÏSSA

8h

12h

MENU

Mercredi 6

ST BERTRAND

8h

12h

MENU

TO DO DE LA SEMAINE

- [ ] ……………
- [ ] ……………
- [ ] ……………
- [ ] ……………
- [ ] ……………
- [ ] ……………
- [ ] ……………
- [ ] ……………

SEPTEMBRE 2023

LUN.	MAR.	MER.	JEU.	VEN.	SAM.	DIM.
				1	2	3
4	5	6	7	8	9	10
11	12	13	14	15	16	17
18	19	20	21	22	23	24
25	26	27	28	29	30	

Jeudi 7

STES REINE, ROXANE

8h

12h

MENU

Vendredi 8

ST ADRIEN,
NATIVITÉ NOTRE-DAME

8h

12h

MENU

Samedi 9

ST ALAIN

MENU

Dimanche 10

STE INÈS

MENU

QUIZ DE LA SEMAINE

Conjugue le verbe « acheter » à la 2e personne du singulier de l'impératif présent dans cette phrase.

. . . . du pain pour ce soir.

- ☐ **Achète**
- ☐ **Achètes**

RÉPONSE
DU QUIZ

Septembre 2023

Lundi 11
ST ADELPHE

8h

12h

MENU

Mardi 12
ST APOLLINAIRE

8h

12h

MENU

Mercredi 13
ST AIMÉ

8h

12h

MENU

TO DO DE LA SEMAINE

- ☐
- ☐
- ☐
- ☐
- ☐
- ☐
- ☐
- ☐

SEPTEMBRE 2023

LUN.	MAR.	MER.	JEU.	VEN.	SAM.	DIM.
				1	2	3
4	5	6	7	8	9	10
11	12	13	14	15	16	17
18	19	20	21	22	23	24
25	26	27	28	29	30	

Jeudi 14

LA CROIX GLORIEUSE

8h

12h

MENU

Vendredi 15

ST ROLAND

8h

12h

MENU

Samedi 16

STE ÉDITH

MENU

Dimanche 17

ST RENAUD

MENU

QUIZ DE LA SEMAINE

Sélectionne la bonne orthographe de l'impératif présent du verbe « brosser ».

. . . . -toi les dents tous les matins et tous les soirs.

- ☐ **Brosse**
- ☐ **Brosses**

RÉPONSE DU QUIZ

Septembre 2023

SEMAINE 38

Lundi 18	Mardi 19	Mercredi 20
STE NADÈGE	STE ÉMILIE	ST DAVY
8h	8h	8h
12h	12h	12h
MENU	MENU	MENU

TO DO DE LA SEMAINE

- ☐
- ☐
- ☐
- ☐
- ☐
- ☐
- ☐
- ☐

SEPTEMBRE *2023*

LUN.	MAR.	MER.	JEU.	VEN.	SAM.	DIM.
				1	2	3
4	5	6	7	8	9	10
11	12	13	14	15	16	17
18	**19**	**20**	**21**	**22**	**23**	**24**
25	26	27	28	29	30	

Jeudi 21

ST MATTHIEU
Journée internationale de la paix

8h

12h

MENU

Vendredi 22

ST MAURICE

8h

12h

MENU

Samedi 23

ST CONSTANT
AUTOMNE

MENU

Dimanche 24

STE THÈCLE

MENU

QUIZ DE LA SEMAINE

Quelle est la bonne orthographe du verbe « aller » dans cette phrase ?

. . . . ! Je ne veux plus te voir.

- ☐ **Va-t-en**
- ☐ **Vas-t-en**
- ☐ **Va-t'en**
- ☐ **Vas-t'en**

RÉPONSE DU QUIZ

Septembre 2023

SEMAINE 39

Lundi 25	Mardi 26	Mercredi 27
ST HERMANN, STE SOLÈNE	STS CÔME, DAMIEN	ST VINCENT DE PAUL
8h	8h	8h
12h	12h	12h
MENU	MENU	MENU

TO DO DE LA SEMAINE

- ☐ ...
- ☐ ...
- ☐ ...
- ☐ ...
- ☐ ...
- ☐ ...
- ☐ ...
- ☐ ...

SEPTEMBRE *2023*

LUN.	MAR.	MER.	JEU.	VEN.	SAM.	DIM.
				1	2	3
4	5	6	7	8	9	10
11	12	13	14	15	16	17
18	19	20	21	22	23	24
25	26	27	28	29	30	

Jeudi 28

ST VENCESLAS

8h

12h

MENU

Vendredi 29

ST MICHEL

8h

12h

MENU

Samedi 30

ST JÉRÔME

MENU

Dimanche 1

STE THÉRÈSE DE L'ENF.-JÉSUS

Fête des Grands-Pères

MENU

QUIZ DE LA SEMAINE

Conjugue le verbe « conclure » à la 2ᵉ personne du singulier de l'impératif présent dans cette phrase.

. . . . ce rapport rapidement.

☐ **Conclu**

☐ **Conclus**

RÉPONSE
DU QUIZ

2023

OCTOBRE

	Lundi	Mardi	Mercredi	Jeudi	Vendredi	Samedi	Dimanche
SEMAINE 39	25	26	27	28	29	30	1 *Fête des Grands-Pères*
SEMAINE 40	2	3	4	5	6	7	8
SEMAINE 41	9	10	11	12	13	14	15
SEMAINE 42	16	17	18	19	20	21	22
SEMAINE 43	23	24	25	26	27	28	29 *Passage à l'heure d'hiver*
SEMAINE 44	30	31 *Halloween*	1	2	3	4	5

le futur / le conditionnel

Comment les différencier à la première personne du singulier ?

✱ FUTUR

⟶ **-ai**

On est sûr que l'action va se passer.

✱ CONDITIONNEL

⟶ **-ais**

Un doute persiste ou le conditionnel est une marque de politesse, atténuant une demande.

Pour choisir la bonne orthographe, il faut remplacer « je » par « tu ». Si le sens reste le même avec la terminaison en **-as**, il s'agit du futur. Si c'est avec la terminaison en **-ais**, il s'agit du conditionnel.

Exemples : Je ferai la vaisselle cet après-midi.

↓ = futur

Tu feras la vaisselle cet après-midi.

J'aimerais apprendre à jouer du piano.

↓ = conditionnel

Tu aimerais apprendre à jouer du piano.

Octobre 2023

Lundi 2

ST LÉGER

8h

12h

MENU

Mardi 3

ST GÉRARD

8h

12h

MENU

Mercredi 4

ST FRANÇOIS D'ASSISE

8h

12h

MENU

TO DO DE LA SEMAINE

- ☐
- ☐
- ☐
- ☐
- ☐
- ☐
- ☐
- ☐

OCTOBRE *2023*

LUN.	MAR.	MER.	JEU.	VEN.	SAM.	DIM.
						1
2	3	4	5	6	7	8
9	10	11	12	13	14	15
16	17	18	19	20	21	22
23	24	25	26	27	28	29
30	31					

Jeudi 5	Vendredi 6	Samedi 7
STE FLEUR	ST BRUNO	ST SERGE
8h	8h	
		MENU
12h	12h	**Dimanche 8** STE PÉLAGIE
MENU	MENU	MENU

QUIZ DE LA SEMAINE

Choisis entre le verbe au futur ou au conditionnel.

Je . . . . vous rencontrer pour vous parler de certains projets.

☐ **souhaiterai**

☐ **souhaiterais**

RÉPONSE DU QUIZ

Octobre 2023

SEMAINE 41

Lundi 9	Mardi 10	Mercredi 11
ST DENIS	ST GHISLAIN	ST FIRMIN
8h	8h	8h
12h	12h	12h
MENU	MENU	MENU

TO DO DE LA SEMAINE

- ☐
- ☐
- ☐
- ☐
- ☐
- ☐
- ☐
- ☐

OCTOBRE *2023*

LUN.	MAR.	MER.	JEU.	VEN.	SAM.	DIM.
						1
2	3	4	5	6	7	8
9	**10**	**11**	**12**	**13**	**14**	**15**
16	17	18	19	20	21	22
23	24	25	26	27	28	29
30	31					

Jeudi 12

ST WILFRIED

8h

12h

MENU

Vendredi 13

ST GÉRAUD

8h

12h

MENU

Samedi 14

ST JUSTE

MENU

Dimanche 15

STE THÉRÈSE D'AVILA

MENU

QUIZ DE LA SEMAINE

Faut-il utiliser le futur ou le conditionnel dans cette phrase ?

Je le . . . . la semaine prochaine.

- ☐ **ferai**
- ☐ **ferais**

RÉPONSE
DU QUIZ

Octobre 2023

SEMAINE 42

Lundi 16	Mardi 17	Mercredi 18
STE EDWIGE	ST BAUDOUIN	ST LUC
8h	8h	8h
12h	12h	12h
MENU	MENU	MENU

TO DO DE LA SEMAINE

- [ ]
- [ ]
- [ ]
- [ ]
- [ ]
- [ ]
- [ ]
- [ ]

OCTOBRE *2023*

LUN.	MAR.	MER.	JEU.	VEN.	SAM.	DIM.
						1
2	3	4	5	6	7	8
9	10	11	12	13	14	15
16	17	18	19	20	21	22
23	24	25	26	27	28	29
30	31					

Jeudi 19

ST RENÉ

8h

12h

MENU

Vendredi 20

STE ADELINE

8h

12h

MENU

Samedi 21

STE CÉLINE

MENU

Dimanche 22

STE ÉLODIE

MENU

QUIZ DE LA SEMAINE

Choisis entre le verbe au futur ou au conditionnel.

J' . . . . travailler à mi-temps l'année prochaine.

- ☐ **aimerais**
- ☐ **aimerai**

RÉPONSE
DU QUIZ

Octobre 2023

SEMAINE 43

Lundi 23	Mardi 24	Mercredi 25
ST JEAN DE CAPISTRAN	ST FLORENTIN	ST ENGUERRAN
8h	8h	8h
12h	12h	12h
MENU	MENU	MENU

TO DO DE LA SEMAINE

- ☐
- ☐
- ☐
- ☐
- ☐
- ☐
- ☐
- ☐

OCTOBRE *2023*

LUN.	MAR.	MER.	JEU.	VEN.	SAM.	DIM.
						1
2	3	4	5	6	7	8
9	10	11	12	13	14	15
16	17	18	19	20	21	22
23	24	25	26	27	28	29
30	31					

Jeudi 26

ST DIMITRI

8h

12h

MENU

Vendredi 27

STE ÉMELINE

8h

12h

MENU

Samedi 28

STS SIMON, JUDE

MENU

Dimanche 29

ST NARCISSE

Passage à l'heure d'hiver

MENU

QUIZ DE LA SEMAINE

Faut-il utiliser le futur ou le conditionnel dans cette phrase ?

J'. . . . . ce code couleur si on m'explique son fonctionnement.

☐ **appliquerai**

☐ **appliquerais**

RÉPONSE DU QUIZ

2023

NOVEMBRE

	Lundi	Mardi	Mercredi	Jeudi	Vendredi	Samedi	Dimanche
SEMAINE 44	30	31	1 *TOUSSAINT férié*	2	3	4	5
SEMAINE 45	6	7	8	9	10	11 *ARMISTICE 1918 férié*	12
SEMAINE 46	13	14	15	16 *Journée internationale de la tolérance*	17	18	19
SEMAINE 47	20 *Journée internationale des droits de l'enfant*	21	22	23 *Thanksgiving*	24	25	26
SEMAINE 48	27	28	29	30	1	2	3

accorder participe passé + auxiliaire ÊTRE

Faut-il accorder le participe passé avec l'auxiliaire ÊTRE ?

* Le participe passé, quand il est conjugué avec l'auxiliaire **ÊTRE**, s'accorde en genre et en nombre avec le **SUJET**.

Exemples : L'ambiance est devenue glaciale.

= féminin singulier.

Nous sommes ravies de vous rencontrer.

= féminin pluriel si « nous » concerne uniquement des filles.

Novembre 2023

SEMAINE 44

Lundi 30

STE BIENVENUE

8h

12h

MENU

Mardi 31

ST QUENTIN
Halloween

8h

12h

MENU

Mercredi 1

TOUSSAINT
férié

8h

12h

MENU

TO DO DE LA SEMAINE

- ☐
- ☐
- ☐
- ☐
- ☐
- ☐
- ☐
- ☐

NOVEMBRE 2023

LUN.	MAR.	MER.	JEU.	VEN.	SAM.	DIM.
		1	2	3	4	5
6	7	8	9	10	11	12
13	14	15	16	17	18	19
20	21	22	23	24	25	26
27	28	29	30			

Jeudi 2

DÉFUNTS

8h

12h

MENU

Vendredi 3

ST HUBERT

8h

12h

MENU

Samedi 4

ST CHARLES

MENU

Dimanche 5

STE SYLVIE

MENU

QUIZ DE LA SEMAINE

Quel est le bon accord du verbe « partir » dans cette phrase ?

Maman, papa et moi, nous sommes . . . . il y a cinq jours à la montagne.

- ☐ **parti**
- ☐ **partis**
- ☐ **partie**
- ☐ **parties**

RÉPONSE DU QUIZ

Novembre 2023

SEMAINE 45

Lundi 6

ST LÉONARD

8h

12h

MENU

Mardi 7

STE CARINE

8h

12h

MENU

Mercredi 8

ST GEOFFROY

8h

12h

MENU

TO DO DE LA SEMAINE

- ☐
- ☐
- ☐
- ☐
- ☐
- ☐
- ☐
- ☐

NOVEMBRE *2023*

LUN.	MAR.	MER.	JEU.	VEN.	SAM.	DIM.
		1	2	3	4	5
6	7	8	9	10	11	12
13	14	15	16	17	18	19
20	21	22	23	24	25	26
27	28	29	30			

Jeudi 9

ST THÉODORE

8h

12h

MENU

Vendredi 10

ST LÉON

8h

12h

MENU

Samedi 11

ST MARTIN
ARMISTICE 1918
férié

MENU

Dimanche 12

ST CHRISTIAN

MENU

QUIZ DE LA SEMAINE

Quelle est la bonne orthographe du verbe « tolérer » accordé avec l'auxiliaire « être » ?

Ces mauvais comportements ne sont pas .... à l'école.

- ☐ **toléré**
- ☐ **tolérés**
- ☐ **tolérée**
- ☐ **tolérées**

RÉPONSE
DU QUIZ

Novembre 2023

Lundi 13	Mardi 14	Mercredi 15
ST BRICE	ST SIDOINE	ST ALBERT
8h	8h	8h
12h	12h	12h
MENU	MENU	MENU

TO DO DE LA SEMAINE

- [ ]
- [ ]
- [ ]
- [ ]
- [ ]
- [ ]
- [ ]
- [ ]

NOVEMBRE *2023*

LUN.	MAR.	MER.	JEU.	VEN.	SAM.	DIM.
		1	2	3	4	5
6	7	8	9	10	11	12
13	14	15	16	17	18	19
20	21	22	23	24	25	26
27	28	29	30			

Jeudi 16

STE MARGUERITE

Journée internationale de la tolérance

8h

12h

MENU

Vendredi 17

STE ÉLISABETH

8h

12h

MENU

Samedi 18

STE AUDE

MENU

Dimanche 19

ST TANGUY

MENU

QUIZ DE LA SEMAINE

Quel est le bon accord du verbe « aller » dans cette phrase ?

Madame, êtes-vous . . . . ramasser des fleurs ?

- ☐ **allé**
- ☐ **allés**
- ☐ **allée**
- ☐ **allées**

RÉPONSE
DU QUIZ

Novembre 2023

SEMAINE 47

Lundi 20	Mardi 21	Mercredi 22
ST EDMOND Journée internationale des droits de l'enfant	ST RUFUS, PRÉSENTATION DE MARIE	STE CÉCILE
8h	8h	8h
12h	12h	12h
MENU	MENU	MENU

TO DO DE LA SEMAINE

- ☐
- ☐
- ☐
- ☐
- ☐
- ☐
- ☐
- ☐

NOVEMBRE *2023*

LUN.	MAR.	MER.	JEU.	VEN.	SAM.	DIM.
		1	2	3	4	5
6	7	8	9	10	11	12
13	14	15	16	17	18	19
20	21	22	23	24	25	26
27	28	29	30			

Jeudi 23

ST CLÉMENT
Thanksgiving

8h

12h

MENU

Vendredi 24

STE FLORA

8h

12h

MENU

Samedi 25

STE CATHERINE

MENU

Dimanche 26

STE DELPHINE

MENU

QUIZ DE LA SEMAINE

Quel accord du verbe « aller » faut-il utiliser dans cette phrase ?

Mes copines et moi, on est . . . .

à la plage cet après-midi.

- [ ] **allé**
- [ ] **allés**
- [ ] **allée**
- [ ] **allées**

RÉPONSE
DU QUIZ

Novembre 2023

SEMAINE 48

Lundi 27	Mardi 28	Mercredi 29
ST SÉVERIN	ST JACQUES DE LA MARCHE	ST SATURNIN
8h	8h	8h
12h	12h	12h
MENU	MENU	MENU

TO DO DE LA SEMAINE

- [ ]
- [ ]
- [ ]
- [ ]
- [ ]
- [ ]
- [ ]
- [ ]

NOVEMBRE *2023*

LUN.	MAR.	MER.	JEU.	VEN.	SAM.	DIM.
		1	2	3	4	5
6	7	8	9	10	11	12
13	14	15	16	17	18	19
20	21	22	23	24	25	26
27	28	29	30			

Jeudi 30

ST ANDRÉ

8h

12h

MENU

Vendredi 1

STE FLORENCE

Journée mondiale de lutte contre le sida

8h

12h

MENU

Samedi 2

STE VIVIANE

Journée internationale pour l'abolition de l'esclavage

MENU

Dimanche 3

ST FRANÇOIS-XAVIER

Avent

MENU

QUIZ DE LA SEMAINE

Quel accord du verbe « descendre » faut-il utiliser dans cette phrase ?

Les amies de ma sœur sont . . . . en courant dans l'escalier.

- ☐ **descendu**
- ☐ **descendus**
- ☐ **descendue**
- ☐ **descendues**

RÉPONSE
DU QUIZ

DÉCEMBRE 2023

	Lundi	Mardi	Mercredi	Jeudi	Vendredi	Samedi	Dimanche
SEMAINE 48	27	28	29	30	**1** *Journée mondiale de lutte contre le sida*	**2** *Journée internationale pour l'abolition de l'esclavage*	**3** *Avent*
SEMAINE 49	**4**	**5**	**6**	**7**	**8**	**9**	**10** *Journée internationale des droits de l'homme*
SEMAINE 50	**11**	**12**	**13**	**14**	**15**	**16**	**17**
SEMAINE 51	**18**	**19**	**20**	**21** *HIVER*	**22**	**23**	**24**
SEMAINE 52	**25** *NOËL férié*	**26**	**27**	**28**	**29**	**30**	**31**

accorder participe passé + auxiliaire AVOIR

Je ne sais jamais quand il faut accorder le participe passé avec l'auxiliaire AVOIR !

* Le participe passé ne s'accorde pas avec le SUJET.
Il s'accorde en genre et en nombre avec le Complément d'Objet Direct si celui-ci est placé AVANT le verbe.

Exemples : J'ai placé la tarte sur la table.

verbe COD

Il n'y a pas d'accord, car le COD est placé APRÈS le verbe.

Tu lis l'histoire que je t'ai recommandée.

COD < verbe

Le COD est bien AVANT le verbe, on fait l'accord.

Décembre 2023

SEMAINE 49

Lundi 4	Mardi 5	Mercredi 6
STE BARBARA	ST GÉRALD	ST NICOLAS
8h	8h	8h
12h	12h	12h
MENU	MENU	MENU

TO DO DE LA SEMAINE

- ☐
- ☐
- ☐
- ☐
- ☐
- ☐
- ☐
- ☐

DÉCEMBRE *2023*

LUN.	MAR.	MER.	JEU.	VEN.	SAM.	DIM.
				1	2	3
4	**5**	**6**	**7**	**8**	**9**	**10**
11	12	13	14	15	16	17
18	19	20	21	22	23	24
25	26	27	28	29	30	31

Jeudi 7

ST AMBROISE

8h

12h

MENU

Vendredi 8

IMMACULÉE CONCEPTION

8h

12h

MENU

Samedi 9

ST PIERRE FOURIER

MENU

Dimanche 10

ST ROMARIC

Journée internationale des droits de l'homme

MENU

QUIZ DE LA SEMAINE

Comment faut-il accorder le participe passé du verbe « faire » dans cette phrase ?

Il a refusé les propositions qu'on lui a . . . .

- ☐ **fait**
- ☐ **faits**
- ☐ **faite**
- ☐ **faites**

RÉPONSE
DU QUIZ

Décembre 2023

SEMAINE 50

Lundi 11

ST DANIEL

8h

12h

MENU

Mardi 12

ST CORENTIN

8h

12h

MENU

Mercredi 13

STE LUCIE

8h

12h

MENU

TO DO DE LA SEMAINE

- [ ]
- [ ]
- [ ]
- [ ]
- [ ]
- [ ]
- [ ]
- [ ]

DÉCEMBRE 2023

LUN.	MAR.	MER.	JEU.	VEN.	SAM.	DIM.
				1	2	3
4	5	6	7	8	9	10
11	12	13	14	15	16	17
18	19	20	21	22	23	24
25	26	27	28	29	30	31

Jeudi 14

STE ODILE

8h

12h

MENU

Vendredi 15

STE NINON

8h

12h

MENU

Samedi 16

STE ALICE

MENU

Dimanche 17

STS GAËL, JUDICAËL

MENU

QUIZ DE LA SEMAINE

Accorde le participe passé si nécessaire.

Nous avons essayé les crayons de couleur que maman nous a . . . . pour Noël.

- ☐ acheté
- ☐ achetés
- ☐ achetée
- ☐ achetées

RÉPONSE DU QUIZ

Décembre 2023

SEMAINE 51

Lundi 18	Mardi 19	Mercredi 20
ST GATIEN	ST URBAIN	ST THÉOPHILE
8h	8h	8h
12h	12h	12h
MENU	MENU	MENU

TO DO DE LA SEMAINE

- ☐
- ☐
- ☐
- ☐
- ☐
- ☐
- ☐
- ☐

DÉCEMBRE 2023

LUN.	MAR.	MER.	JEU.	VEN.	SAM.	DIM.
				1	2	3
4	5	6	7	8	9	10
11	12	13	14	15	16	17
18	19	20	21	22	23	24
25	26	27	28	29	30	31

Jeudi 21

ST PIERRE CANISIUS

8h

12h

MENU

Vendredi 22

STE FRANÇOISE-XAVIÈRE

HIVER

8h

12h

MENU

Samedi 23

ST ARMAND

MENU

MENU

Dimanche 24

STE ADÈLE

QUIZ DE LA SEMAINE

Comment accorder le verbe « payer » dans cette phrase ?

Elle lui a . . . . un aller-retour pour les vacances.

- ☐ **payé**
- ☐ **payés**
- ☐ **payée**
- ☐ **payées**

RÉPONSE DU QUIZ

Décembre 2023

SEMAINE 52

Lundi 25

ST EMMANUEL
NOËL
férié

8h

12h

MENU

Mardi 26

ST ÉTIENNE,
STE FAMILLE

8h

12h

MENU

Mercredi 27

ST JEAN

8h

12h

MENU

TO DO DE LA SEMAINE

- ☐
- ☐
- ☐
- ☐
- ☐
- ☐
- ☐
- ☐

DÉCEMBRE 2023

LUN.	MAR.	MER.	JEU.	VEN.	SAM.	DIM.
				1	2	3
4	5	6	7	8	9	10
11	12	13	14	15	16	17
18	19	20	21	22	23	24
25	26	27	28	29	30	31

Jeudi 28

STS INNOCENTS

8h

12h

MENU

Vendredi 29

ST DAVID

8h

12h

MENU

Samedi 30

ST ROGER

MENU

Dimanche 31

ST SYLVESTRE

MENU

QUIZ DE LA SEMAINE

Quel est l'accord du verbe « protester » dans cette phrase ?

Elles n'ont pas . . . .

- ☐ **protesté**
- ☐ **protestés**
- ☐ **protestée**
- ☐ **protestées**

RÉPONSE
DU QUIZ

1

2024

JANVIER

	Lundi	Mardi	Mercredi	Jeudi	Vendredi	Samedi	Dimanche
SEMAINE 1	1 *NOUVEL AN férié*	2	3	4	5	6	7 *Épiphanie*
SEMAINE 2	8	9	10	11	12	13	14
SEMAINE 3	15	16	17	18	19	20	21
SEMAINE 4	22	23	24	25	26	27	28
SEMAINE 5	29	30	31	1	2	3	4

le participe passé d'un verbe pronominal

Quand faut-il accorder le verbe ?

* Un verbe à la forme pronominale est toujours précédé du pronom personnel **SE**.

Exemples : SE promener, SE laver, S'apercevoir, S'envoler, SE taire, SE demander, SE souvenir, S'évanouir, SE plaindre, etc.

Pronom « SE »	+	auxiliaire ÊTRE	+	participe passé du verbe
me, m',		suis,		-é, -és ;
te, t', se, s',		es, est,		-ée, -ées
nous, vous		sommes,		
		êtes, sont		

* Pour accorder le participe passé, il faut toujours se poser une question : y a-t-il un **COD** ?

→ Pas de **COD** : on accorde avec le sujet.

Exemple : Elle s'est enfuie.

→ **COD** après le verbe : on n'accorde pas.

Exemple : Elle s'est lavé les pieds.

→ **COD** avant le verbe : on accorde avec le **COD**.

Exemple : Elles se sont lavées.

(Elles se sont lavées elles-mêmes.)

Janvier 2024

SEMAINE 1

Lundi 1	Mardi 2	Mercredi 3
ST CLAIR *NOUVEL AN* *férié*	ST BASILE	STE GENEVIÈVE
8h	8h	8h
12h	12h	12h
MENU	MENU	MENU

TO DO DE LA SEMAINE

- ☐ ....
- ☐ ....
- ☐ ....
- ☐ ....
- ☐ ....
- ☐ ....
- ☐ ....
- ☐ ....

JANVIER *2024*

LUN.	MAR.	MER.	JEU.	VEN.	SAM.	DIM.
1	2	3	4	5	6	7
8	9	10	11	12	13	14
15	16	17	18	19	20	21
22	23	24	25	26	27	28
29	30	31				

Jeudi 4

ST ODILON

8h

12h

MENU

Vendredi 5

ST ÉDOUARD

8h

12h

MENU

Samedi 6

ST MÉLAINE

MENU

Dimanche 7

ST RAYMOND
Épiphanie

MENU

QUIZ DE LA SEMAINE

Comment accorder le verbe « voir » ?

Elles se sont . . . . la semaine dernière.

- ☐ vu
- ☐ vus
- ☐ vue
- ☐ vues

RÉPONSE
DU QUIZ

Janvier 2024

SEMAINE 2

Lundi 8	Mardi 9	Mercredi 10
ST LUCIEN	STE ALIX	ST GUILLAUME
8h	8h	8h
12h	12h	12h
MENU	MENU	MENU

TO DO DE LA SEMAINE

- [ ]
- [ ]
- [ ]
- [ ]
- [ ]
- [ ]
- [ ]
- [ ]

JANVIER *2024*

LUN.	MAR.	MER.	JEU.	VEN.	SAM.	DIM.
1	2	3	4	5	6	7
8	9	10	11	12	13	14
15	16	17	18	19	20	21
22	23	24	25	26	27	28
29	30	31				

Jeudi 11

ST PAULIN

8h

12h

MENU

Vendredi 12

STE TATIANA

8h

12h

MENU

Samedi 13

STE YVETTE

MENU

Dimanche 14

STE NINA

MENU

QUIZ DE LA SEMAINE

Comment s'accorde le verbe « envoler » ?

Les oiseaux se sont . . . .

- ☐ **envolé**
- ☐ **envolés**
- ☐ **envolée**
- ☐ **envolées**

RÉPONSE DU QUIZ

Janvier 2024

SEMAINE 3

Lundi 15	Mardi 16	Mercredi 17
ST RÉMI	ST MARCEL	STE ROSELINE
8h	8h	8h
12h	12h	12h
MENU	MENU	MENU

TO DO DE LA SEMAINE

- ☐
- ☐
- ☐
- ☐
- ☐
- ☐
- ☐
- ☐

JANVIER *2024*

LUN.	MAR.	MER.	JEU.	VEN.	SAM.	DIM.
1	2	3	4	5	6	7
8	9	10	11	12	13	14
15	**16**	**17**	**18**	**19**	**20**	**21**
22	23	24	25	26	27	28
29	30	31				

Jeudi 18

STE PRISCA

8h

12h

MENU

Vendredi 19

ST MARIUS

8h

12h

MENU

Samedi 20

ST SÉBASTIEN

MENU

Dimanche 21

STE AGNÈS

MENU

QUIZ DE LA SEMAINE

Quel est l'accord du verbe « maquiller » dans cette phrase ?

Elle s'est . . . . les paupières.

- ☐ **maquillé**
- ☐ **maquillés**
- ☐ **maquillée**
- ☐ **maquillées**

RÉPONSE
DU QUIZ

Janvier 2024

SEMAINE 4

Lundi 22

ST VINCENT

8h

12h

MENU

Mardi 23

ST BARNARD

8h

12h

MENU

Mercredi 24

ST FRANÇOIS DE SALES

8h

12h

MENU

TO DO DE LA SEMAINE

- ☐ ....
- ☐ ....
- ☐ ....
- ☐ ....
- ☐ ....
- ☐ ....
- ☐ ....
- ☐ ....

JANVIER 2024

LUN.	MAR.	MER.	JEU.	VEN.	SAM.	DIM.
1	2	3	4	5	6	7
8	9	10	11	12	13	14
15	16	17	18	19	20	21
22	23	24	25	26	27	28
29	30	31				

Jeudi 25

CONVERS. DE ST PAUL, ST ANANIE

8h

12h

MENU

Vendredi 26

STE PAULE

8h

12h

MENU

Samedi 27

STE ANGÈLE

MENU

Dimanche 28

ST THOMAS D'AQUIN

MENU

QUIZ DE LA SEMAINE

Comment est accordé le participe passé dans cette phrase ?

Elles se sont . . . . les mains.

- ☐ **lavé**
- ☐ **lavés**
- ☐ **lavée**
- ☐ **lavées**

RÉPONSE DU QUIZ

Janvier 2024

SEMAINE 5

Lundi 29	Mardi 30	Mercredi 31
ST GILDAS	STE MARTINE	STE MARCELLE
8h	8h	8h
12h	12h	12h
MENU	MENU	MENU

TO DO DE LA SEMAINE

- [ ]
- [ ]
- [ ]
- [ ]
- [ ]
- [ ]
- [ ]
- [ ]

JANVIER 2024

LUN.	MAR.	MER.	JEU.	VEN.	SAM.	DIM.
1	2	3	4	5	6	7
8	9	10	11	12	13	14
15	16	17	18	19	20	21
22	23	24	25	26	27	28
29	30	31				

Jeudi 1

STE ELLA

8h

12h

MENU

Vendredi 2

ST JEAN-THÉOPHANE
Chandeleur

8h

12h

MENU

Samedi 3

ST BLAISE

MENU

Dimanche 4

STE VÉRONIQUE

MENU

QUIZ DE LA SEMAINE

Comment accorder le participe passé?

Elles se sont . . . . des pizzas hier soir.

- [ ] fait
- [ ] faits
- [ ] faite
- [ ] faites

RÉPONSE DU QUIZ

2024

FÉVRIER

	Lundi	Mardi	Mercredi	Jeudi	Vendredi	Samedi	Dimanche
SEMAINE 5	29	30	31	1	2 *Chandeleur*	3	4
SEMAINE 6	5	6	7	8	9	10 *Nouvel an chinois*	11
SEMAINE 7	12	13 *Mardi gras*	14	15	16	17	18
SEMAINE 8	19	20	21	22	23	24	25
SEMAINE 9	26	27	28	29	1	2	3

accorder les nombres 20, 100 et 1000

Quand met-on un s à vingt et cent ?

VINGT et **CENT** prennent un **S** quand ils sont multipliés sans être suivis d'un autre nombre.

Exemples : quatre-vingts
80 = 4 × 20

trois cents
300 = 3 × 100

C'est correct, il n'y a aucun nombre derrière et 20 est multiplié par 4 tandis que 100 est multiplié par 3.

quatre-vingt~~s~~-deux

« Vingt » est suivi du nombre 2, il ne prend donc pas de s.

Mille prend-il parfois un s ?

MILLE est invariable. Cependant, lorsqu'il est utilisé en tant qu'unité de mesure (distance en navigation aérienne et maritime), il prend un **S** au pluriel.

Exemples : Six mille personnes ont manifesté hier.

C'est correct, « mille » est un nombre invariable.

Ce navire se trouve à cinq milles des côtes.

Il s'agit de l'unité de mesure, on met un s.

Février 2024

Lundi 5

STE AGATHE

8h

12h

MENU

Mardi 6

ST GASTON

8h

12h

MENU

Mercredi 7

STE EUGÉNIE

8h

12h

MENU

TO DO DE LA SEMAINE

- [ ]
- [ ]
- [ ]
- [ ]
- [ ]
- [ ]
- [ ]
- [ ]

FÉVRIER 2024

LUN.	MAR.	MER.	JEU.	VEN.	SAM.	DIM.
			1	2	3	4
5	6	7	8	9	10	11
12	13	14	15	16	17	18
19	20	21	22	23	24	25
26	27	28	29			

Jeudi 8

STE JACQUELINE

8h

12h

MENU

Vendredi 9

STE APOLLINE

8h

12h

MENU

Samedi 10

ST ARNAUD

Nouvel an chinois

MENU

Dimanche 11

NOTRE-DAME DE LOURDES

MENU

QUIZ DE LA SEMAINE

Comment s'écrit en toutes lettres le nombre 220 000 ?

- ☐ deux cent vingt mille
- ☐ deux cents vingt mille
- ☐ deux cent vingt milles

RÉPONSE DU QUIZ

Février 2024

SEMAINE 7

Lundi 12	Mardi 13	Mercredi 14
ST FÉLIX	STE BÉATRICE *Mardi gras*	ST VALENTIN
8h	8h	8h
12h	12h	12h
MENU	MENU	MENU

TO DO DE LA SEMAINE

- [ ]
- [ ]
- [ ]
- [ ]
- [ ]
- [ ]
- [ ]
- [ ]

FÉVRIER *2024*

LUN.	MAR.	MER.	JEU.	VEN.	SAM.	DIM.
			1	2	3	4
5	6	7	8	9	10	11
12	**13**	**14**	**15**	**16**	**17**	**18**
19	20	21	22	23	24	25
26	27	28	29			

Jeudi 15

ST CLAUDE

8h

12h

MENU

Vendredi 16

STE JULIENNE

8h

12h

MENU

Samedi 17

ST ALEXIS

MENU

Dimanche 18

STE BERNADETTE

MENU

QUIZ DE LA SEMAINE

Comment s'écrit 80 en lettres ?

- ☐ **quatre-vingt**
- ☐ **quatre-vingts**
- ☐ **quatres-vingts**

RÉPONSE
DU QUIZ

Février 2024

SEMAINE 8

Lundi 19	Mardi 20	Mercredi 21
ST GABIN	STE AIMÉE	ST PIERRE-DAMIEN
8h	8h	8h
12h	12h	12h
MENU	MENU	MENU

TO DO DE LA SEMAINE

- ☐
- ☐
- ☐
- ☐
- ☐
- ☐
- ☐
- ☐

FÉVRIER *2024*

LUN.	MAR.	MER.	JEU.	VEN.	SAM.	DIM.
			1	2	3	4
5	6	7	8	9	10	11
12	13	14	15	16	17	18
19	**20**	**21**	**22**	**23**	**24**	**25**
26	27	28	29			

Jeudi 22

STE ISABELLE

8h

12h

MENU

Vendredi 23

ST LAZARE

8h

12h

MENU

Samedi 24

ST MODESTE

MENU

Dimanche 25

ST ROMÉO

MENU

QUIZ DE LA SEMAINE

Comment s'écrit 98 en lettres ?

- [ ] **quatre-vingt-dix-huit**
- [ ] **quatre-vingts-dix-huit**
- [ ] **quatre-vingt-dix-huits**

RÉPONSE
DU QUIZ

Février 2024

SEMAINE 9

Lundi 26	Mardi 27	Mercredi 28
ST NESTOR	STE HONORINE	ST ROMAIN
8h	8h	8h
12h	12h	12h
MENU	MENU	MENU

TO DO DE LA SEMAINE

- ☐ ....
- ☐ ....
- ☐ ....
- ☐ ....
- ☐ ....
- ☐ ....
- ☐ ....
- ☐ ....

FÉVRIER *2024*

LUN.	MAR.	MER.	JEU.	VEN.	SAM.	DIM.
			1	2	3	4
5	6	7	8	9	10	11
12	13	14	15	16	17	18
19	20	21	22	23	24	25
26	**27**	**28**	**29**			

Jeudi 29

ST AUGUSTE

8h

12h

MENU

Vendredi 1

ST AUBIN

8h

12h

MENU

Samedi 2

ST CHARLES LE BON

MENU

Dimanche 3

ST GUÉNOLÉ

Fête des Grand-Mères

MENU

QUIZ DE LA SEMAINE

Comment s'écrit 620 en lettres ?

- ☐ six cent vingt
- ☐ six cents vingt
- ☐ six cent vingts

RÉPONSE
DU QUIZ

2024

MARS

	Lundi	Mardi	Mercredi	Jeudi	Vendredi	Samedi	Dimanche
SEMAINE 9	26	27	28	29	1	2	3 *Fête des Grand-Mères*
SEMAINE 10	4	5	6	7	8 *Journée internationale des droits de la femme*	9	10
SEMAINE 11	11	12	13	14	15	16	17
SEMAINE 12	18	19	20 *PRINTEMPS*	21	22	23	24 *Rameaux*
SEMAINE 13	25	26	27	28	29 *Vendredi saint*	30	31 *PÂQUES* *Passage à l'heure d'été*

participe passé ou infinitif

Comment savoir si un verbe dont la terminaison se prononce [é] est un participe passé (-é) ou un infinitif (-er)?

* Le verbe est à l'infinitif (-er)
Il peut alors être remplacé par **PRENDRE** (ou un autre verbe du 3e groupe tel que **MORDRE**).

* Le verbe est conjugué au participe passé (-é)
Il peut dans ce cas être remplacé par **PRIS**/**PRISE(S)**.

Exemples : Elle aime danser.

On peut remplacer le verbe par « prendre », c'est correct.

Léana a acheté des bonbons.

On peut dire : « Léana a pris des bonbons. »

Mars 2024

SEMAINE 10

Lundi 4

ST CASIMIR

8h

12h

MENU

Mardi 5

STE OLIVE, ST VIRGILE

8h

12h

MENU

Mercredi 6

STE COLETTE

8h

12h

MENU

TO DO DE LA SEMAINE

- [ ]
- [ ]
- [ ]
- [ ]
- [ ]
- [ ]
- [ ]
- [ ]

MARS *2024*

LUN.	MAR.	MER.	JEU.	VEN.	SAM.	DIM.
				1	2	3
4	5	6	7	8	9	10
11	12	13	14	15	16	17
18	19	20	21	22	23	24
25	26	27	28	29	30	31

Jeudi 7

STE FÉLICITÉ

8h

12h

MENU

Vendredi 8

ST JEAN DE DIEU
Journée internationale des droits de la femme

8h

12h

MENU

Samedi 9

STE FRANÇOISE

MENU

Dimanche 10

ST VIVIEN

MENU

QUIZ DE LA SEMAINE

Comment doit s'accorder le verbe « fermer » dans cette phrase ?

Elle va . . . . les volets, car la nuit tombe.

- ☐ **fermer**
- ☐ **fermée**
- ☐ **fermé**

RÉPONSE
DU QUIZ

Mars 2024

SEMAINE 11

Lundi 11	Mardi 12	Mercredi 13
STE ROSINE	STE JUSTINE	ST RODRIGUE
8h	8h	8h
12h	12h	12h
MENU	MENU	MENU

TO DO DE LA SEMAINE

- ☐ ....
- ☐ ....
- ☐ ....
- ☐ ....
- ☐ ....
- ☐ ....
- ☐ ....
- ☐ ....

MARS *2024*

LUN.	MAR.	MER.	JEU.	VEN.	SAM.	DIM.
				1	2	3
4	5	6	7	8	9	10
11	**12**	**13**	**14**	**15**	**16**	**17**
18	19	20	21	22	23	24
25	26	27	28	29	30	31

Jeudi 14	**Vendredi 15**	**Samedi 16**
STE MATHILDE	STE LOUISE	STE BÉNÉDICTE
8h	8h	
		MENU
		Dimanche 17
		ST PATRICK
12h	12h	
MENU	MENU	MENU

QUIZ DE LA SEMAINE

Comment doit s'accorder le verbe « placer » ?

Il a . . . . les invités sur un plan de table.

☐ placer ☐ placé

☐ placés

RÉPONSE DU QUIZ

Mars 2024

Lundi 18

ST CYRILLE

8h

12h

MENU

Mardi 19

ST JOSEPH

8h

12h

MENU

Mercredi 20

ST HERBERT
PRINTEMPS

8h

12h

MENU

TO DO DE LA SEMAINE

- [ ]
- [ ]
- [ ]
- [ ]
- [ ]
- [ ]
- [ ]
- [ ]

MARS 2024

LUN.	MAR.	MER.	JEU.	VEN.	SAM.	DIM.
				1	2	3
4	5	6	7	8	9	10
11	12	13	14	15	16	17
18	**19**	**20**	**21**	**22**	**23**	**24**
25	26	27	28	29	30	31

Jeudi 21

STE CLÉMENCE

8h

12h

MENU

Vendredi 22

STE LÉA

8h

12h

MENU

Samedi 23

ST VICTORIEN

MENU

Dimanche 24

STE CATHERINE DE SUÈDE

Rameaux

MENU

QUIZ DE LA SEMAINE

Comment doit s'accorder le verbe « rassurer » dans cette phrase ?

Elle ne semble pas . . . . ses amis.

- [ ] **rassurer**
- [ ] **rassuré**
- [ ] **rassurée**

RÉPONSE
DU QUIZ

Mars 2024

SEMAINE 13

Lundi 25
ANNONCIATION

8h

12h

MENU

Mardi 26
STE LARISSA

8h

12h

MENU

Mercredi 27
ST HABIB

8h

12h

MENU

TO DO DE LA SEMAINE

- ☐
- ☐
- ☐
- ☐
- ☐
- ☐
- ☐
- ☐

MARS 2024

LUN.	MAR.	MER.	JEU.	VEN.	SAM.	DIM.
				1	2	3
4	5	6	7	8	9	10
11	12	13	14	15	16	17
18	19	20	21	22	23	24
25	26	27	28	29	30	31

Jeudi 28

ST GONTRAN

8h

12h

MENU

Vendredi 29

STE GLADYS
Vendredi saint

8h

12h

MENU

Samedi 30

ST AMÉDÉE

MENU

Dimanche 31

ST BENJAMIN
Pâques
Passage à l'heure d'été

MENU

QUIZ DE LA SEMAINE

Comment doit s'accorder le verbe « jouer » dans cette phrase ?

Ce sont des cartes à . . . . très spéciales.

☐ **jouer** ☐ **joué**
☐ **jouées**

RÉPONSE
DU QUIZ

2024

AVRIL

	Lundi	Mardi	Mercredi	Jeudi	Vendredi	Samedi	Dimanche
SEMAINE 14	1 *LUNDI DE PÂQUES férié*	2	3	4	5	6	7
SEMAINE 15	8	9	10	11	12	13	14
SEMAINE 16	15	16	17	18	19	20	21
SEMAINE 17	22	23	24	25	26	27	28
SEMAINE 18	29	30	1	2	3	4	5

s'est / c'est / ses / ces

Quand faut-il écrire s'est, c'est, ses ou ces ?

* S'est est placé **AVANT** le participe passé d'un verbe. En conjuguant le verbe à la 1re personne du singulier, on peut le remplacer par « me suis ».

Exemple : Il s'est blessé en courant.

verbe → On peut dire : « Je me suis blessé en courant. »

* C'est peut être remplacé par « cela est ».

Exemple : C'est dangereux pour la santé.

= Cela est dangereux pour la santé.

* Ses est un adjectif possessif qui peut être remplacé par « son » ou « sa ».

Exemple : Le jardinier arrose ses plantes. / sa plante

* Ces est un déterminant démonstratif comme « ce » ou « cet ».

Exemple : Ces arbres sont malades.

= Cet arbre est malade.

Avril 2024

Lundi 1

ST HUGUES
LUNDI DE PÂQUES
férié

8h

12h

MENU

Mardi 2

STE SANDRINE

8h

12h

MENU

Mercredi 3

ST RICHARD

8h

12h

MENU

TO DO DE LA SEMAINE

- [ ] ……
- [ ] ……
- [ ] ……
- [ ] ……
- [ ] ……
- [ ] ……
- [ ] ……
- [ ] ……

AVRIL 2024

LUN.	MAR.	MER.	JEU.	VEN.	SAM.	DIM.
1	2	3	4	5	6	7
8	9	10	11	12	13	14
15	16	17	18	19	20	21
22	23	24	25	26	27	28
29	30					

Jeudi 4

ST ISIDORE

8h

12h

MENU

Vendredi 5

STE IRÈNE

8h

12h

MENU

Samedi 6

ST MARCELLIN

MENU

Dimanche 7

ST JEAN-BAPTISTE DE LA SALLE

MENU

QUIZ DE LA SEMAINE

Sélectionne la bonne orthographe pour la phrase :

. . . . mains sont froides.

- ☐ **S'est**
- ☐ **Ces**
- ☐ **C'est**
- ☐ **Ses**

RÉPONSE
DU QUIZ

Avril 2024

SEMAINE 15

Lundi 8	Mardi 9	Mercredi 10
STE JULIE	ST GAUTIER	ST FULBERT
8h	8h	8h
12h	12h	12h
MENU	MENU	MENU

TO DO DE LA SEMAINE

- [ ]
- [ ]
- [ ]
- [ ]
- [ ]
- [ ]
- [ ]
- [ ]

AVRIL 2024

LUN.	MAR.	MER.	JEU.	VEN.	SAM.	DIM.
1	2	3	4	5	6	7
8	**9**	**10**	**11**	**12**	**13**	**14**
15	16	17	18	19	20	21
22	23	24	25	26	27	28
29	30					

Jeudi 11

ST STANISLAS

8h

12h

MENU

Vendredi 12

ST JULES

8h

12h

MENU

Samedi 13

STE IDA

MENU

Dimanche 14

ST MAXIME

MENU

QUIZ DE LA SEMAINE

Sélectionne la bonne orthographe pour la phrase :

Tu lui achètes . . . . livres pour son anniversaire.

- ☐ **S'est**
- ☐ **Ces**
- ☐ **C'est**
- ☐ **Ses**

RÉPONSE
DU QUIZ

Avril 2024

SEMAINE 16

Lundi 15
ST PATERNE

8h

12h

MENU

Mardi 16
ST BENOÎT-JOSEPH

8h

12h

MENU

Mercredi 17
ST ANICET

8h

12h

MENU

TO DO DE LA SEMAINE

- [ ]
- [ ]
- [ ]
- [ ]
- [ ]
- [ ]
- [ ]
- [ ]

AVRIL 2024

LUN.	MAR.	MER.	JEU.	VEN.	SAM.	DIM.
1	2	3	4	5	6	7
8	9	10	11	12	13	14
15	16	17	18	19	20	21
22	23	24	25	26	27	28
29	30					

Jeudi 18

ST PARFAIT

8h

12h

MENU

Vendredi 19

STE EMMA

8h

12h

MENU

Samedi 20

STE ODETTE

MENU

Dimanche 21

ST ANSELME

MENU

QUIZ DE LA SEMAINE

Sélectionne la bonne orthographe pour la phrase :

Il . . . . trompé d'exercice, son professeur l'a grondé.

- ☐ S'est
- ☐ Ces
- ☐ C'est
- ☐ Ses

RÉPONSE
DU QUIZ

Lundi 22

ST ALEXANDRE

8h

12h

MENU

Mardi 23

ST GEORGES

8h

12h

MENU

Mercredi 24

ST FIDÈLE

8h

12h

MENU

TO DO DE LA SEMAINE

- ☐
- ☐
- ☐
- ☐
- ☐
- ☐
- ☐
- ☐

AVRIL *2024*

LUN.	MAR.	MER.	JEU.	VEN.	SAM.	DIM.
1	2	3	4	5	6	7
8	9	10	11	12	13	14
15	16	17	18	19	20	21
22	23	24	25	26	27	28
29	30					

Jeudi 25

ST MARC

8h

12h

MENU

Vendredi 26

STE ALIDA

8h

12h

MENU

Samedi 27

ST AMÉDÉE, STE ZITA

MENU

Dimanche 28

STE VALÉRIE

MENU

QUIZ DE LA SEMAINE

Sélectionne la bonne orthographe pour la phrase :

Ma fille a mangé tous . . . . légumes.

- ☐ S'est
- ☐ C'est
- ☐ Ces
- ☐ Ses

RÉPONSE
DU QUIZ

MAI

2024

	Lundi	Mardi	Mercredi	Jeudi	Vendredi	Samedi	Dimanche
SEMAINE 18	29	30	1 *FÊTE DU TRAVAIL* *férié*	2	3	4	5
SEMAINE 19	6	7	8 *VICTOIRE 1945* *férié*	9 *ASCENSION* *férié*	10	11	12
SEMAINE 20	13	14	15 *Journée internationale des familles*	16	17	18	19 PENTECÔTE
SEMAINE 21	20 *LUNDI DE PENTECÔTE* *férié*	21	22	23	24	25	26 Fête des Mères
SEMAINE 22	27	28	29	30	31	1	2

censé / sensé

Je confonds toujours censé et sensé !

* Censé signifie « supposé ».

Exemple : Je suis censé réviser les maths.

supposé

* Sensé signifie « avoir du bon sens ».

Exemple : Un homme sensé l'épouserait très vite !

ayant du bon sens

Astuce bonus

Censé est toujours suivi d'un verbe à l'infinitif. Sensé peut, quant à lui, être remplacé par « raisonnable ».

Mai 2024

SEMAINE 18

Lundi 29	Mardi 30	Mercredi 1
STE CATHERINE DE SIENNE	ST ROBERT	ST JÉRÉMIE FÊTE DU TRAVAIL férié
8h	8h	8h
12h	12h	12h
MENU	MENU	MENU

TO DO DE LA SEMAINE

- ☐ ...
- ☐ ...
- ☐ ...
- ☐ ...
- ☐ ...
- ☐ ...
- ☐ ...
- ☐ ...

MAI *2024*

LUN.	MAR.	MER.	JEU.	VEN.	SAM.	DIM.
		1	2	3	4	5
6	7	8	9	10	11	12
13	14	15	16	17	18	19
20	21	22	23	24	25	26
27	28	29	30	31		

Jeudi 2

ST BORIS

8h

12h

MENU

Vendredi 3

STS PHILIPPE, JACQUES

8h

12h

MENU

Samedi 4

ST SYLVAIN

MENU

Dimanche 5

STE JUDITH

MENU

QUIZ DE LA SEMAINE

Sélectionne la bonne orthographe pour la phrase :

Il est . . . . faire un exposé sur les dinosaures devant la classe.

- ☐ **sensé**
- ☐ **censée**
- ☐ **censé**
- ☐ **censés**

RÉPONSE
DU QUIZ

Lundi 6

STE PRUDENCE

8h

12h

MENU

Mardi 7

STE GISÈLE

8h

12h

MENU

Mercredi 8

ST DÉSIRÉ
VICTOIRE 1945
férié

8h

12h

MENU

TO DO DE LA SEMAINE

- ☐
- ☐
- ☐
- ☐
- ☐
- ☐
- ☐
- ☐

MAI 2024

LUN.	MAR.	MER.	JEU.	VEN.	SAM.	DIM.
		1	2	3	4	5
6	7	8	9	10	11	12
13	14	15	16	17	18	19
20	21	22	23	24	25	26
27	28	29	30	31		

Jeudi 9

ST PACÔME
ASCENSION
férié

8h

12h

MENU

Vendredi 10

STE SOLANGE

8h

12h

MENU

Samedi 11

STE ESTELLE

MENU

Dimanche 12

ST ACHILLE

MENU

QUIZ DE LA SEMAINE

Sélectionne la bonne orthographe pour la phrase :

Elles sont . . . . préparer l'anniversaire de papa en secret.

- ☐ **sensé**
- ☐ **censées**
- ☐ **censé**
- ☐ **censés**

RÉPONSE
DU QUIZ

Lundi 13

STE ROLANDE

8h

12h

MENU

Mardi 14

ST MATTHIAS

8h

12h

MENU

Mercredi 15

STE DENISE

Journée internationale des familles

8h

12h

MENU

TO DO DE LA SEMAINE

- ☐
- ☐
- ☐
- ☐
- ☐
- ☐
- ☐
- ☐

MAI 2024

LUN.	MAR.	MER.	JEU.	VEN.	SAM.	DIM.
		1	2	3	4	5
6	7	8	9	10	11	12
13	**14**	**15**	**16**	**17**	**18**	**19**
20	21	22	23	24	25	26
27	28	29	30	31		

Jeudi 16

ST HONORÉ

8h

12h

MENU

Vendredi 17

ST PASCAL

8h

12h

MENU

Samedi 18

ST ÉRIC

MENU

Dimanche 19

ST YVES
PENTECÔTE

MENU

QUIZ DE LA SEMAINE

Sélectionne la bonne orthographe pour la phrase :

Cet article de presse n'est ni . . . . ni argumenté, il n'a donc aucune valeur.

- ☐ **sensé**
- ☐ **censée**
- ☐ **censé**
- ☐ **censés**

RÉPONSE DU QUIZ

Lundi 20

ST BERNARDIN
LUNDI DE PENTECÔTE
férié

8h

12h

MENU

Mardi 21

ST CONSTANTIN

8h

12h

MENU

Mercredi 22

ST ÉMILE

8h

12h

MENU

TO DO DE LA SEMAINE

- [ ]
- [ ]
- [ ]
- [ ]
- [ ]
- [ ]
- [ ]
- [ ]

MAI 2024

LUN.	MAR.	MER.	JEU.	VEN.	SAM.	DIM.
		1	2	3	4	5
6	7	8	9	10	11	12
13	14	15	16	17	18	19
20	21	22	23	24	25	26
27	28	29	30	31		

Jeudi 23

ST DIDIER

8h

12h

MENU

Vendredi 24

ST DONATIEN

8h

12h

MENU

Samedi 25

STE SOPHIE

MENU

Dimanche 26

ST BÉRENGER
Fête des Mères

MENU

QUIZ DE LA SEMAINE

Sélectionne la bonne orthographe pour la phrase :

Ton rapport est tout à fait . . . .
Il nous apprend beaucoup de choses.

- ☐ **sensé**
- ☐ **censée**
- ☐ **censé**
- ☐ **censés**

RÉPONSE
DU QUIZ

Mai 2024

SEMAINE 22

Lundi 27

ST AUGUSTIN

8h

12h

MENU

Mardi 28

ST GERMAIN

8h

12h

MENU

Mercredi 29

ST AYMAR

8h

12h

MENU

TO DO DE LA SEMAINE

- [ ]
- [ ]
- [ ]
- [ ]
- [ ]
- [ ]
- [ ]
- [ ]

MAI 2024

LUN.	MAR.	MER.	JEU.	VEN.	SAM.	DIM.
		1	2	3	4	5
6	7	8	9	10	11	12
13	14	15	16	17	18	19
20	21	22	23	24	25	26
27	28	29	30	31		

Jeudi 30

ST FERDINAND

8h

12h

MENU

Vendredi 31

VISITATION DE LA VIERGE

8h

12h

MENU

Samedi 1

ST JUSTIN

MENU

Dimanche 2

STE BLANDINE

MENU

QUIZ DE LA SEMAINE

Sélectionne la bonne orthographe pour la phrase :

Elle est . . . . partir en vacances
le mois prochain.

- ☐ **sensé**
- ☐ **censée**
- ☐ **censé**
- ☐ **censés**

RÉPONSE
DU QUIZ

2024

JUIN

	Lundi	Mardi	Mercredi	Jeudi	Vendredi	Samedi	Dimanche
SEMAINE 22	27	28	29	30	31	1	2
SEMAINE 23	3	4	5 *Journée internationale de l'environnement*	6	7	8	9
SEMAINE 24	10	11	12	13	14	15	16 *Fête des Pères*
SEMAINE 25	17	18	19	20 *ÉTÉ*	21 *Fête de la musique*	22	23
SEMAINE 26	24	25	26	27	28	29	30

quand / quant / qu'en

Comment savoir s'il faut écrire quand, quant ou qu'en ?

* Quand peut être employé comme conjonction signifiant « lorsque », « pendant que », « au moment où ».

Exemple : Quand il pleut, je sors avec mes bottes.

C'est correct, on peut remplacer quand par « lorsqu'il ».

* Quand peut être employé comme adverbe signifiant « à quel moment ».

Exemple : Quand viens-tu à la maison ?

→ = à quel moment ?

* Quant à est une locution qui signifie « en ce qui concerne ».

Exemple : Quant à moi, je préfère les sciences.

→ = en ce qui me concerne.

* Qu'en peut être remplacé par « que en ». Que (e élidé devant une voyelle) suivi de en.

Exemple : Je vais avoir une meilleure note en français qu'en maths.

→ = que en.

Lundi 3

ST KÉVIN

8h

12h

MENU

Mardi 4

STE CLOTILDE

8h

12h

MENU

Mercredi 5

ST IGOR
Journée internationale de l'environnement

8h

12h

MENU

TO DO DE LA SEMAINE

- [ ]
- [ ]
- [ ]
- [ ]
- [ ]
- [ ]
- [ ]
- [ ]

JUIN 2024

LUN.	MAR.	MER.	JEU.	VEN.	SAM.	DIM.
					1	2
3	4	5	6	7	8	9
10	11	12	13	14	15	16
17	18	19	20	21	22	23
24	25	26	27	28	29	30

Jeudi 6

ST NORBERT

8h

12h

MENU

Vendredi 7

ST GILBERT

8h

12h

MENU

Samedi 8

ST MÉDARD

MENU

Dimanche 9

STE DIANE

MENU

QUIZ DE LA SEMAINE

Sélectionne la bonne orthographe pour la phrase :

. . . . à ce salon de jardin, qu'en penses-tu ?

- ☐ Quand
- ☐ Qu'en
- ☐ Quant

RÉPONSE
DU QUIZ

Juin 2024

Lundi 10

ST LANDRY

8h

12h

MENU

Mardi 11

ST BARNABÉ

8h

12h

MENU

Mercredi 12

ST GUY

8h

12h

MENU

TO DO DE LA SEMAINE

- ☐
- ☐
- ☐
- ☐
- ☐
- ☐
- ☐
- ☐

JUIN 2024

LUN.	MAR.	MER.	JEU.	VEN.	SAM.	DIM.
					1	2
3	4	5	6	7	8	9
10	11	12	13	14	15	16
17	18	19	20	21	22	23
24	25	26	27	28	29	30

Jeudi 13

ST ANTOINE DE PADOUE

8h

12h

MENU

Vendredi 14

ST ÉLISÉE

8h

12h

MENU

Samedi 15

STE GERMAINE

MENU

Dimanche 16

ST JEAN-FRANÇOIS RÉGIS

Fête des Pères

MENU

QUIZ DE LA SEMAINE

Sélectionne la bonne orthographe pour la phrase :

Je suis prête . . . . tu veux.

- ☐ quand
- ☐ qu'en
- ☐ quant

RÉPONSE DU QUIZ

Juin 2024

SEMAINE 25

Lundi 17	Mardi 18	Mercredi 19
ST HERVÉ	ST LÉONCE	ST ROMUALD
8h	8h	8h
12h	12h	12h
MENU	MENU	MENU

TO DO DE LA SEMAINE

- ☐ ....
- ☐ ....
- ☐ ....
- ☐ ....
- ☐ ....
- ☐ ....
- ☐ ....
- ☐ ....

JUIN *2024*

LUN.	MAR.	MER.	JEU.	VEN.	SAM.	DIM.
					1	2
3	4	5	6	7	8	9
10	11	12	13	14	15	16
17	18	19	20	21	22	23
24	25	26	27	28	29	30

Jeudi 20

ST SILVÈRE
ÉTÉ

8h

12h

MENU

Vendredi 21

STS GONZAGUE, RODOLPHE
Fête de la musique

8h

12h

MENU

Samedi 22

ST ALBAN

MENU

Dimanche 23

STE AUDREY

MENU

QUIZ DE LA SEMAINE

Sélectionne la bonne orthographe pour la phrase :

Je crois . . . . persévérant, tu pourras y arriver.

- ☐ **quand**
- ☐ **qu'en**
- ☐ **quant**

RÉPONSE
DU QUIZ

Lundi 24

ST JEAN-BAPTISTE

8h

12h

MENU

Mardi 25

STE ÉLÉONORE,
ST PROSPER

8h

12h

MENU

Mercredi 26

ST ANTHELME

8h

12h

MENU

TO DO DE LA SEMAINE

- [ ]
- [ ]
- [ ]
- [ ]
- [ ]
- [ ]
- [ ]
- [ ]

JUIN 2024

LUN.	MAR.	MER.	JEU.	VEN.	SAM.	DIM.
					1	2
3	4	5	6	7	8	9
10	11	12	13	14	15	16
17	18	19	20	21	22	23
24	25	26	27	28	29	30

Jeudi 27

ST FERNAND

8h

12h

MENU

Vendredi 28

ST IRÉNÉE

8h

12h

MENU

Samedi 29

STS PIERRE, PAUL

MENU

Dimanche 30

ST MARTIAL

MENU

QUIZ DE LA SEMAINE

Sélectionne la bonne orthographe pour la phrase :

Le chat miaule . . . . tu ne lui donnes pas à manger.

- ☐ quand
- ☐ qu'en
- ☐ quant

RÉPONSE DU QUIZ

2024

JUILLET

	Lundi	Mardi	Mercredi	Jeudi	Vendredi	Samedi	Dimanche
SEMAINE 27	1	2	3	4	5	6	7
SEMAINE 28	8	9	10	11	12	13	14 *FÊTE NATIONALE férié*
SEMAINE 29	15	16	17	18	19	20	21
SEMAINE 30	22	23	24	25	26	27	28
SEMAINE 31	29	30 *Journée internationale de l'amitié*	31	1	2	3	4

tout / tous / toute / toutes

Comment accorde-t-on tout suivi d'un nom ?

Tout suivi d'un nom est un déterminant secondaire.
Il peut signifier « en entier » ou « n'importe quel ».
Il s'accorde avec le nom qui le suit.

Exemples :

Tout le temps. Le temps est masculin singulier.

Toutes ces personnes. Les personnes sont au féminin pluriel.

Tout homme est mortel. L'homme est masculin singulier.

Quand j'entends le [t] final, comment savoir si je dois écrire tout ou toute ?

Tout + adjectif ou autre adverbe

= entièrement, tout à fait, complètement

Tout est invariable devant :

- un adjectif masculin ;
- un adjectif féminin commençant par une voyelle.

On écrit toute devant un adjectif féminin commençant par une consonne.

Exemples : Cette maison est tout argentée.

On entend [t] à cause de la liaison.

Cette maison est toute blanche.

Lundi 1	Mardi 2	Mercredi 3
ST THIERRY	ST MARTINIEN	ST THOMAS
8h	8h	8h
12h	12h	12h
MENU	MENU	MENU

TO DO DE LA SEMAINE

- [ ]
- [ ]
- [ ]
- [ ]
- [ ]
- [ ]
- [ ]
- [ ]

JUILLET *2024*

LUN.	MAR.	MER.	JEU.	VEN.	SAM.	DIM.
1	2	3	4	5	6	7
8	9	10	11	12	13	14
15	16	17	18	19	20	21
22	23	24	25	26	27	28
29	30	31				

Jeudi 4

ST FLORENT

8h

12h

MENU

Vendredi 5

ST ANTOINE

8h

12h

MENU

Samedi 6

STE MARIETTE

MENU

Dimanche 7

ST RAOUL

MENU

QUIZ DE LA SEMAINE

Sélectionne la bonne orthographe pour la phrase :

La maison . . . . entière a brûlé.

- ☐ tout
- ☐ toute
- ☐ tous
- ☐ toutes

RÉPONSE
DU QUIZ

Juillet 2024

SEMAINE 28

Lundi 8	Mardi 9	Mercredi 10
ST THIBAUT	STE AMANDINE	ST ULRICH
8h	8h	8h
12h	12h	12h
MENU	MENU	MENU

TO DO DE LA SEMAINE

- [ ]
- [ ]
- [ ]
- [ ]
- [ ]
- [ ]
- [ ]
- [ ]

JUILLET 2024

LUN.	MAR.	MER.	JEU.	VEN.	SAM.	DIM.
1	2	3	4	5	6	7
8	9	10	11	12	13	14
15	16	17	18	19	20	21
22	23	24	25	26	27	28
29	30	31				

Jeudi 11

ST BENOÎT

8h

12h

MENU

Vendredi 12

ST OLIVIER

8h

12h

MENU

Samedi 13

STS HENRI, JOËL

MENU

Dimanche 14

ST(E) CAMILLE
FÊTE NATIONALE
férié

MENU

QUIZ DE LA SEMAINE

Sélectionne la bonne orthographe pour la phrase :

Je vais . . . . les jours travailler.

- ☐ tout
- ☐ toute
- ☐ tous
- ☐ toutes

RÉPONSE
DU QUIZ

Juillet 2024

SEMAINE 29

Lundi 15	Mardi 16	Mercredi 17
ST DONALD	NOTRE-DAME DU MONT-CARMEL	STE CHARLOTTE
8h	8h	8h
12h	12h	12h
MENU	MENU	MENU

TO DO DE LA SEMAINE

- ☐ ....
- ☐ ....
- ☐ ....
- ☐ ....
- ☐ ....
- ☐ ....
- ☐ ....
- ☐ ....

JUILLET 2024

LUN.	MAR.	MER.	JEU.	VEN.	SAM.	DIM.
1	2	3	4	5	6	7
8	9	10	11	12	13	14
15	16	17	18	19	20	21
22	23	24	25	26	27	28
29	30	31				

Jeudi 18

ST FRÉDÉRIC

8h

12h

MENU

Vendredi 19

ST ARSÈNE

8h

12h

MENU

Samedi 20

STE MARINA

MENU

Dimanche 21

ST VICTOR

MENU

QUIZ DE LA SEMAINE

Sélectionne la bonne orthographe pour la phrase :

Elles étaient . . . . gênées d'annoncer cette mauvaise nouvelle.

- [ ] **tout**
- [ ] **toute**
- [ ] **tous**
- [ ] **toutes**

RÉPONSE
DU QUIZ

Lundi 22	Mardi 23	Mercredi 24
STE MARIE-MADELEINE	STE BRIGITTE	STE CHRISTINE
8h	8h	8h
12h	12h	12h
MENU	MENU	MENU

TO DO DE LA SEMAINE

- [ ] ...
- [ ] ...
- [ ] ...
- [ ] ...
- [ ] ...
- [ ] ...
- [ ] ...
- [ ] ...

JUILLET 2024

LUN.	MAR.	MER.	JEU.	VEN.	SAM.	DIM.
1	2	3	4	5	6	7
8	9	10	11	12	13	14
15	16	17	18	19	20	21
22	23	24	25	26	27	28
29	30	31				

Jeudi 25

ST JACQUES

8h

12h

MENU

Vendredi 26

STE ANNE,
ST JOACHIM

8h

12h

MENU

Samedi 27

STE NATHALIE

MENU

Dimanche 28

ST SAMSON

MENU

QUIZ DE LA SEMAINE

Sélectionne la bonne orthographe pour la phrase :

Éloïse était . . . . ennuyée par la bêtise qu'elle avait faite.

- ☐ **tout**
- ☐ **toute**
- ☐ **tous**
- ☐ **toutes**

RÉPONSE
DU QUIZ

Lundi 29

STE MARTHE

8h

12h

MENU

Mardi 30

STE JULIETTE
Journée internationale de l'amitié

8h

12h

MENU

Mercredi 31

ST IGNACE DE LOYOLA

8h

12h

MENU

TO DO DE LA SEMAINE

- [ ]
- [ ]
- [ ]
- [ ]
- [ ]
- [ ]
- [ ]
- [ ]

JUILLET 2024

LUN.	MAR.	MER.	JEU.	VEN.	SAM.	DIM.
1	2	3	4	5	6	7
8	9	10	11	12	13	14
15	16	17	18	19	20	21
22	23	24	25	26	27	28
29	30	31				

Jeudi 1	Vendredi 2	Samedi 3
ST ALPHONSE	ST JULIEN EYMARD	STE LYDIE
8h	8h	
		MENU
12h	12h	**Dimanche 4** ST JEAN-MARIE VIANNEY
MENU	MENU	MENU

QUIZ DE LA SEMAINE

Sélectionne la bonne orthographe pour la phrase :

Je vais au sport . . . . les semaines.

- ☐ tout
- ☐ toute
- ☐ tous
- ☐ toutes

RÉPONSE DU QUIZ

AOÛT 2024

	Lundi	Mardi	Mercredi	Jeudi	Vendredi	Samedi	Dimanche
SEMAINE 31	29	30	31	1	2	3	4
SEMAINE 32	5	6	7	8	9	10	11
SEMAINE 33	12 *Journée internationale de la jeunesse*	13	14	15 *ASSOMPTION férié*	16	17	18
SEMAINE 34	19	20	21	22	23	24	25
SEMAINE 35	26	27	28	29	30	31	1

plein / pleins

Quand doit-on mettre un s à plein ?

* Plein s'accorde en genre et en nombre lorsqu'on peut le remplacer par « rempli ».

Exemples : Mon chat a sa gamelle pleine de croquettes.

On peut dire : « Mon chat a sa gamelle remplie de croquettes. »

Ils avaient les sacs pleins de courses.

On peut dire : « Ils avaient les sacs remplis de courses. »

* Plein est invariable lorsqu'il est adverbe, on peut alors le remplacer par « beaucoup ».

Exemple : Je te fais plein de bisous.

Astuce bonus

Pour savoir s'il faut mettre un s à plein, remplacez-le par « pleine ». Si la phrase reste sensée, plein est variable et il faut l'accorder au nom auquel il se rapporte.

Août 2024

Lundi 5

ST ABEL

8h

12h

MENU

Mardi 6

ST SAUVEUR
TRANSFIGURATION

8h

12h

MENU

Mercredi 7

ST GAÉTAN

8h

12h

MENU

TO DO DE LA SEMAINE

- ☐
- ☐
- ☐
- ☐
- ☐
- ☐
- ☐
- ☐

AOÛT 2024

LUN.	MAR.	MER.	JEU.	VEN.	SAM.	DIM.
			1	2	3	4
5	6	7	8	9	10	11
12	13	14	15	16	17	18
19	20	21	22	23	24	25
26	27	28	29	30	31	

Jeudi 8

ST DOMINIQUE

8h

12h

MENU

Vendredi 9

ST AMOUR

8h

12h

MENU

Samedi 10

ST LAURENT

MENU

Dimanche 11

STE CLAIRE

MENU

QUIZ DE LA SEMAINE

Sélectionne la bonne orthographe pour la phrase :

Il y a . . . . d'écureuils dans la forêt.

- ☐ **plein**
- ☐ **pleine**
- ☐ **pleins**
- ☐ **pleines**

RÉPONSE DU QUIZ

Août 2024

SEMAINE 33

Lundi 12

STE CLARISSE
Journée internationale de la jeunesse

8h

12h

MENU

Mardi 13

ST HIPPOLYTE

8h

12h

MENU

Mercredi 14

STS ÉVRARD, MAXIMILIEN

8h

12h

MENU

TO DO DE LA SEMAINE

- [ ]
- [ ]
- [ ]
- [ ]
- [ ]
- [ ]
- [ ]
- [ ]

AOÛT 2024

LUN.	MAR.	MER.	JEU.	VEN.	SAM.	DIM.
			1	2	3	4
5	6	7	8	9	10	11
12	13	14	15	16	17	18
19	20	21	22	23	24	25
26	27	28	29	30	31	

Jeudi 15

STE MARIE
ASSOMPTION
férié

8h

12h

MENU

Vendredi 16

ST ARMEL

8h

12h

MENU

Samedi 17

ST HYACINTHE

MENU

Dimanche 18

STE HÉLÈNE

MENU

QUIZ DE LA SEMAINE

Sélectionne la bonne orthographe pour la phrase :

J'ai rapporté de grands paniers . . . .
de framboises et de mûres.

- ☐ **plein**
- ☐ **pleine**
- ☐ **pleins**
- ☐ **pleines**

RÉPONSE
DU QUIZ

Août 2024

SEMAINE 34

Lundi 19	Mardi 20	Mercredi 21
ST JEAN-EUDES	ST BERNARD	ST CHRISTOPHE
8h	8h	8h
12h	12h	12h
MENU	MENU	MENU

TO DO DE LA SEMAINE

- ☐
- ☐
- ☐
- ☐
- ☐
- ☐
- ☐
- ☐

AOÛT *2024*

LUN.	MAR.	MER.	JEU.	VEN.	SAM.	DIM.
			1	2	3	4
5	6	7	8	9	10	11
12	13	14	15	16	17	18
19	20	21	22	23	24	25
26	27	28	29	30	31	

Jeudi 22

ST FABRICE

8h

12h

MENU

Vendredi 23

STE ROSE DE LIMA

8h

12h

MENU

Samedi 24

ST BARTHÉLEMY

MENU

Dimanche 25

ST LOUIS

MENU

QUIZ DE LA SEMAINE

Sélectionne la bonne orthographe pour la phrase :

J'ai des cerises . . . . mes paniers.

- ☐ **plein**
- ☐ **pleine**
- ☐ **pleins**
- ☐ **pleines**

RÉPONSE
DU QUIZ

Août 2024

SEMAINE 35

Lundi 26
STE NATACHA

8h

12h

MENU

Mardi 27
STE MONIQUE

8h

12h

MENU

Mercredi 28
ST AUGUSTIN

8h

12h

MENU

TO DO DE LA SEMAINE

- [ ]
- [ ]
- [ ]
- [ ]
- [ ]
- [ ]
- [ ]
- [ ]

AOÛT *2024*

LUN.	MAR.	MER.	JEU.	VEN.	SAM.	DIM.
			1	2	3	4
5	6	7	8	9	10	11
12	13	14	15	16	17	18
19	20	21	22	23	24	25
26	27	28	29	30	31	

Jeudi 29

STE SABINE

8h

12h

MENU

Vendredi 30

ST FIACRE

8h

12h

MENU

Samedi 31

ST ARISTIDE

MENU

Dimanche 1

ST GILLES

MENU

QUIZ DE LA SEMAINE

Sélectionne la bonne orthographe pour la phrase :

J'ai la tête . . . . de souvenirs.

- ☐ **plein**
- ☐ **pleine**
- ☐ **pleins**
- ☐ **pleines**

RÉPONSE
DU QUIZ

SEPTEMBRE 2024

	Lundi	Mardi	Mercredi	Jeudi	Vendredi	Samedi	Dimanche
SEMAINE 35	26	27	28	29	30	31	1
SEMAINE 36	2 *Rentrée scolaire*	3	4	5	6	7	8
SEMAINE 37	9	10	11	12	13	14	15
SEMAINE 38	16	17	18	19	20	21 *Journée internationale de la paix*	22 *AUTOMNE*
SEMAINE 39	23	24	25	26	27	28	29
SEMAINE 40	30	1	2	3	4	5	6

le pluriel des noms composés

Quand faut-il accorder les noms composés au pluriel ?

On accorde les noms et les adjectifs.

Mais les mots suivants restent invariables :
verbe, pronom, adverbe, préposition, éléments latin et grec.

Exemples : balais-brosses
Nom + nom

belles-sœurs
Adjectif + nom

bouche-trous
Verbe + nom

Attention au piège !

Pour les mots composés tels que pomme de terre ou chef-d'œuvre, on n'accorde pas tous les éléments ! Quand le mot est composé de deux noms séparés par une préposition (comme de), seul le premier nom se met au pluriel.

Septembre 2024

SEMAINE 36

Lundi 2	Mardi 3	Mercredi 4
STE INGRID Rentrée scolaire	ST GRÉGOIRE	STE ROSALIE
8h	8h	8h
12h	12h	12h
19h	19h	19h
MENU	MENU	MENU

TO DO DE LA SEMAINE

- ☐ ....
- ☐ ....
- ☐ ....
- ☐ ....
- ☐ ....
- ☐ ....
- ☐ ....
- ☐ ....

SEPTEMBRE 2024

LUN.	MAR.	MER.	JEU.	VEN.	SAM.	DIM.
						1
2	3	4	5	6	7	8
9	10	11	12	13	14	15
16	17	18	19	20	21	22
23	24	25	26	27	28	29
30						

Jeudi 5

STE RAÏSSA

8h

12h

19h

MENU

Vendredi 6

ST BERTRAND

8h

12h

19h

MENU

Samedi 7

STES REINE, ROXANE

MENU

Dimanche 8

ST ADRIEN,
NATIVITÉ NOTRE-DAME

MENU

QUIZ DE LA SEMAINE

Choisis la bonne orthographe pour :

J'ai acheté des . . . .
pour envoyer mes lettres.

- ☐ timbre-poste
- ☐ timbre-postes
- ☐ timbres-poste
- ☐ timbres-postes

RÉPONSE
DU QUIZ

Septembre 2024

Lundi 9

ST ALAIN

8h

12h

19h

MENU

Mardi 10

STE INÈS

8h

12h

19h

MENU

Mercredi 11

ST ADELPHE

8h

12h

19h

MENU

TO DO DE LA SEMAINE

- [ ]
- [ ]
- [ ]
- [ ]
- [ ]
- [ ]
- [ ]
- [ ]

SEPTEMBRE 2024

LUN.	MAR.	MER.	JEU.	VEN.	SAM.	DIM.
						1
2	3	4	5	6	7	8
9	10	11	12	13	14	15
16	17	18	19	20	21	22
23	24	25	26	27	28	29
30						

Jeudi 12

ST APOLLINAIRE

8h

12h

19h

MENU

Vendredi 13

ST AIMÉ

8h

12h

19h

MENU

Samedi 14

LA CROIX GLORIEUSE

MENU

Dimanche 15

ST ROLAND

MENU

QUIZ DE LA SEMAINE

Choisis la bonne orthographe pour :

Tu vas avoir besoin de plusieurs .... avec toutes ces bouteilles.

- ☐ tire-bouchon
- ☐ tire-bouchons
- ☐ tires-bouchon
- ☐ tires-bouchons

RÉPONSE DU QUIZ

Septembre 2024

Lundi 16

STE ÉDITH

8h

12h

19h

MENU

Mardi 17

ST RENAUD

8h

12h

19h

MENU

Mercredi 18

STE NADÈGE

8h

12h

19h

MENU

TO DO DE LA SEMAINE

- ☐
- ☐
- ☐
- ☐
- ☐
- ☐
- ☐
- ☐

SEPTEMBRE 2024

LUN.	MAR.	MER.	JEU.	VEN.	SAM.	DIM.
						1
2	3	4	5	6	7	8
9	10	11	12	13	14	15
16	17	18	19	20	21	22
23	24	25	26	27	28	29
30						

Jeudi 19

STE ÉMILIE

8h

12h

19h

MENU

Vendredi 20

ST DAVY

8h

12h

19h

MENU

Samedi 21

ST MATTHIEU
Journée internationale de la paix

MENU

Dimanche 22

ST MAURICE
AUTOMNE

MENU

QUIZ DE LA SEMAINE

Choisis la bonne orthographe pour :

Il préfère les . . . . aux mouettes.

- ☐ rouge-gorge
- ☐ rouge-gorges
- ☐ rouges-gorge
- ☐ rouges-gorges

RÉPONSE DU QUIZ

Septembre 2024

Lundi 23

ST CONSTANT

8h

12h

19h

MENU

Mardi 24

STE THÈCLE

8h

12h

19h

MENU

Mercredi 25

ST HERMANN,
STE SOLÈNE

8h

12h

19h

MENU

TO DO DE LA SEMAINE

- ☐
- ☐
- ☐
- ☐
- ☐
- ☐
- ☐
- ☐

SEPTEMBRE 2024

LUN.	MAR.	MER.	JEU.	VEN.	SAM.	DIM.
						1
2	3	4	5	6	7	8
9	10	11	12	13	14	15
16	17	18	19	20	21	22
23	24	25	26	27	28	29
30						

Jeudi 26

STS CÔME, DAMIEN

8h

12h

19h

MENU

Vendredi 27

ST VINCENT DE PAUL

8h

12h

19h

MENU

Samedi 28

ST VENCESLAS

MENU

Dimanche 29

ST MICHEL

MENU

QUIZ DE LA SEMAINE

Choisis la bonne orthographe pour :

As-tu des . . . .
pour que je comprenne mieux?

- [ ] contre-exemple
- [ ] contre-exemples
- [ ] contres-exemple
- [ ] contres-exemples

RÉPONSE
DU QUIZ

OCTOBRE 2024

	Lundi	Mardi	Mercredi	Jeudi	Vendredi	Samedi	Dimanche
SEMAINE 40	30	1	2	3	4	5	6 *Fête des Grands-Pères*
SEMAINE 41	7	8	9	10	11	12	13
SEMAINE 42	14	15	16	17	18	19	20
SEMAINE 43	21	22	23	24	25	26	27 *Passage à l'heure d'hiver*
SEMAINE 44	28	29	30	31 *Halloween*	1	2	3

l'accord des adjectifs de couleur

Quand met-on un s aux adjectifs de couleur ?

Seuls les adjectifs simples de couleur s'accordent en genre et en nombre.
Voici la liste : beige, blanc, bleu, blond, brun, gris, jaune, noir, rouge, vert, violet.

Exemples : des yeux verts
des jupes grises
des écharpes bleues

Certains adjectifs de couleur sont invariables.

* C'est le cas quand l'adjectif fait référence à la couleur d'un nom commun (animaux, minéraux, végétaux).

Exemple : des yeux ~~marrons~~

On ne met pas de s, car le marron est un fruit évocateur de la couleur qu'il désigne.

* C'est aussi le cas quand une couleur est définie par l'association de plusieurs adjectifs.

Exemples : des yeux ~~bleus-verts~~
des robes bleu-noir
des tons gris-bleu
des plumes vert et bleu (bicolores)
des écharpes bleu, blanc, rouge (tricolores)

Octobre 2024

SEMAINE 40

Lundi 30	Mardi 1	Mercredi 2
ST JÉRÔME	STE THÉRÈSE DE L'ENFANT-JÉSUS	ST LÉGER
8h	8h	8h
12h	12h	12h
MENU	MENU	MENU

TO DO DE LA SEMAINE

- ☐ ....
- ☐ ....
- ☐ ....
- ☐ ....
- ☐ ....
- ☐ ....
- ☐ ....
- ☐ ....

OCTOBRE *2024*

LUN.	MAR.	MER.	JEU.	VEN.	SAM.	DIM.
	1	2	3	4	5	6
7	8	9	10	11	12	13
14	15	16	17	18	19	20
21	22	23	24	25	26	27
28	29	30	31			

Jeudi 3

ST GÉRARD

8h

12h

MENU

Vendredi 4

ST FRANÇOIS D'ASSISE

8h

12h

MENU

Samedi 5

STE FLEUR

MENU

Dimanche 6

ST BRUNO

Fête des Grands-Pères

MENU

QUIZ DE LA SEMAINE

Comment s'accorde «blanc» dans la phrase?

Ces bonshommes portent des pantalons . . . .

- ☐ **blanc**
- ☐ **blanche**
- ☐ **blancs**
- ☐ **blanches**

RÉPONSE
DU QUIZ

Lundi 7	Mardi 8	Mercredi 9
ST SERGE	STE PÉLAGIE	ST DENIS
8h	8h	8h
12h	12h	12h
MENU	MENU	MENU

TO DO DE LA SEMAINE

- [ ]
- [ ]
- [ ]
- [ ]
- [ ]
- [ ]
- [ ]
- [ ]

OCTOBRE 2024

LUN.	MAR.	MER.	JEU.	VEN.	SAM.	DIM.
	1	2	3	4	5	6
7	8	9	10	11	12	13
14	15	16	17	18	19	20
21	22	23	24	25	26	27
28	29	30	31			

Jeudi 10

ST GHISLAIN

8h

12h

MENU

Vendredi 11

ST FIRMIN

8h

12h

MENU

Samedi 12

ST WILFRIED

MENU

Dimanche 13

ST GÉRAUD

MENU

QUIZ DE LA SEMAINE

Comment s'accorde l'adjectif de couleur dans la phrase ?

Ces bonshommes portent des pantalons . . . .

- ☐ **jaune-vert**
- ☐ **jaune vert**
- ☐ **jaune-verte**
- ☐ **jaune verte**

RÉPONSE DU QUIZ

Octobre 2024

SEMAINE 42

Lundi 14

ST JUSTE

8h

12h

MENU

Mardi 15

STE THÉRÈSE D'AVILA

8h

12h

MENU

Mercredi 16

STE EDWIGE

8h

12h

MENU

TO DO DE LA SEMAINE

- ☐
- ☐
- ☐
- ☐
- ☐
- ☐
- ☐
- ☐

OCTOBRE *2024*

LUN.	MAR.	MER.	JEU.	VEN.	SAM.	DIM.
	1	2	3	4	5	6
7	8	9	10	11	12	13
14	15	16	17	18	19	20
21	22	23	24	25	26	27
28	29	30	31			

Jeudi 17

ST BAUDOUIN

8h

12h

MENU

Vendredi 18

ST LUC

8h

12h

MENU

Samedi 19

ST RENÉ

MENU

Dimanche 20

STE ADELINE

MENU

QUIZ DE LA SEMAINE

Comment s'accorde « marron » dans la phrase ?

Elle a de beaux yeux . . . .

☐ **marron** ☐ **marrons**

RÉPONSE
DU QUIZ

Octobre 2024

SEMAINE 43

Lundi 21

STE CÉLINE

8h

12h

MENU

Mardi 22

STE ÉLODIE

8h

12h

MENU

Mercredi 23

ST JEAN DE CAPISTRAN

8h

12h

MENU

TO DO DE LA SEMAINE

- ☐
- ☐
- ☐
- ☐
- ☐
- ☐
- ☐
- ☐

OCTOBRE *2024*

LUN.	MAR.	MER.	JEU.	VEN.	SAM.	DIM.
	1	2	3	4	5	6
7	8	9	10	11	12	13
14	15	16	17	18	19	20
21	22	23	24	25	26	27
28	29	30	31			

Jeudi 24

ST FLORENTIN

8h

12h

MENU

Vendredi 25

ST ENGUERRAN

8h

12h

MENU

Samedi 26

ST DIMITRI

MENU

Dimanche 27

STE ÉMELINE

Passage à l'heure d'hiver

MENU

QUIZ DE LA SEMAINE

Comment s'accorde l'adjectif de couleur dans la phrase ?

Il a une jolie veste . . . .

- ☐ **bleu-clair**
- ☐ **bleu clair**
- ☐ **bleue-claire**
- ☐ **bleue claire**

RÉPONSE
DU QUIZ

Octobre 2024

SEMAINE 44

Lundi 28

STS SIMON, JUDE

8h

12h

MENU

Mardi 29

ST NARCISSE

8h

12h

MENU

Mercredi 30

STE BIENVENUE

8h

12h

MENU

TO DO DE LA SEMAINE

- [ ]
- [ ]
- [ ]
- [ ]
- [ ]
- [ ]
- [ ]
- [ ]

OCTOBRE *2024*

LUN.	MAR.	MER.	JEU.	VEN.	SAM.	DIM.
	1	2	3	4	5	6
7	8	9	10	11	12	13
14	15	16	17	18	19	20
21	22	23	24	25	26	27
28	29	30	31			

Jeudi 31

ST QUENTIN
Halloween

8h

12h

MENU

Vendredi 1

TOUSSAINT
férié

8h

12h

MENU

Samedi 2

DÉFUNTS

MENU

Dimanche 3

ST HUBERT

MENU

QUIZ DE LA SEMAINE

Comment s'accorde « blanc et noir » dans la phrase ?

Ces écharpes bicolores sont ....

- ☐ **blanc et noir**
- ☐ **blancs et noirs**
- ☐ **blanche et noire**
- ☐ **blanches et noires**

RÉPONSE DU QUIZ

2024

NOVEMBRE

	Lundi	Mardi	Mercredi	Jeudi	Vendredi	Samedi	Dimanche
SEMAINE 44	28	29	30	31	1 *TOUSSAINT férié*	2	3
SEMAINE 45	4	5	6	7	8	9	10
SEMAINE 46	11 *ARMISTICE 1918 férié*	12	13	14	15	16 *Journée internationale de la tolérance*	17
SEMAINE 47	18	19	20 *Journée internationale des droits de l'enfant*	21	22	23	24
SEMAINE 48	25	26	27	28 *Thanksgiving*	29	30	1

demi(e)(s)

Quand faut-il accorder demi ?

* Demi est invariable devant un nom ou un adjectif.

Exemples : une demi-baguette

une porte demi-ouverte

* Demi s'accorde en genre uniquement lorsqu'il est après un nom.

Exemple : cinq heures et demie

* Demi s'accorde en genre et en nombre lorsque c'est un nom.

Exemple : des demis de bière (nom masculin)

Novembre 2024

SEMAINE 45

Lundi 4	Mardi 5	Mercredi 6
ST CHARLES	STE SYLVIE	ST LÉONARD
8h	8h	8h
12h	12h	12h
MENU	MENU	MENU

TO DO DE LA SEMAINE

- ☐
- ☐
- ☐
- ☐
- ☐
- ☐
- ☐
- ☐

NOVEMBRE 2024

LUN.	MAR.	MER.	JEU.	VEN.	SAM.	DIM.
				1	2	3
4	5	6	7	8	9	10
11	12	13	14	15	16	17
18	19	20	21	22	23	24
25	26	27	28	29	30	

Jeudi 7

STE CARINE

8h

12h

MENU

Vendredi 8

ST GEOFFROY

8h

12h

MENU

Samedi 9

ST THÉODORE

MENU

MENU

Dimanche 10

ST LÉON

QUIZ DE LA SEMAINE

Comment s'accorde « demi » dans la phrase ?

Son histoire a duré
deux heures et . . . .

- ☐ **demi**
- ☐ **demie**
- ☐ **demis**
- ☐ **demies**

RÉPONSE
DU QUIZ

Novembre 2024

Lundi 11

ST MARTIN
ARMISTICE 1918
férié

8h

12h

MENU

Mardi 12

ST CHRISTIAN

8h

12h

MENU

Mercredi 13

ST BRICE

8h

12h

MENU

TO DO DE LA SEMAINE

- ☐
- ☐
- ☐
- ☐
- ☐
- ☐
- ☐
- ☐

NOVEMBRE *2024*

LUN.	MAR.	MER.	JEU.	VEN.	SAM.	DIM.
				1	2	3
4	5	6	7	8	9	10
11	**12**	**13**	**14**	**15**	**16**	**17**
18	19	20	21	22	23	24
25	26	27	28	29	30	

Jeudi 14

ST SIDOINE

8h

12h

MENU

Vendredi 15

ST ALBERT

8h

12h

MENU

Samedi 16

STE MARGUERITE

Journée internationale
de la tolérance

MENU

MENU

Dimanche 17

STE ÉLISABETH

QUIZ DE LA SEMAINE

Comment s'accorde « demi » dans la phrase ?

C'est une armoire qui mesure
plus de deux mètres et . . . .

- ☐ **demi**
- ☐ **demie**
- ☐ **demis**
- ☐ **demies**

RÉPONSE
DU QUIZ

Novembre 2024

Lundi 18	Mardi 19	Mercredi 20
STE AUDE	ST TANGUY	ST EDMOND *Journée internationale des droits de l'enfant*
8h	8h	8h
12h	12h	12h
MENU	MENU	MENU

TO DO DE LA SEMAINE

- ☐
- ☐
- ☐
- ☐
- ☐
- ☐
- ☐
- ☐

NOVEMBRE 2024

LUN.	MAR.	MER.	JEU.	VEN.	SAM.	DIM.
				1	2	3
4	5	6	7	8	9	10
11	12	13	14	15	16	17
18	19	20	21	22	23	24
25	26	27	28	29	30	

Jeudi **21**

ST RUFUS, PRÉSENTATION DE MARIE

8h

12h

MENU

Vendredi **22**

STE CÉCILE

8h

12h

MENU

Samedi **23**

ST CLÉMENT

MENU

Dimanche **24**

STE FLORA

MENU

QUIZ DE LA SEMAINE

Comment s'accorde « demi » dans la phrase ?

Il a révisé sa leçon
en moins d'une . . . . -journée.

- ☐ **demi**
- ☐ **demie**
- ☐ **demis**
- ☐ **demies**

RÉPONSE
DU QUIZ

Novembre 2024

SEMAINE 48

Lundi 25	Mardi 26	Mercredi 27
STE CATHERINE	STE DELPHINE	ST SÉVERIN
8h	8h	8h
12h	12h	12h
MENU	MENU	MENU

TO DO DE LA SEMAINE

- ☐
- ☐
- ☐
- ☐
- ☐
- ☐
- ☐
- ☐

NOVEMBRE 202

LUN.	MAR.	MER.	JEU.	VEN.	SAM.	DIM.
				1	2	3
4	5	6	7	8	9	10
11	12	13	14	15	16	17
18	19	20	21	22	23	24
25	26	27	28	29	30	

Jeudi 28

ST JACQUES DE LA MARCHE

Thanksgiving

8h

12h

MENU

Vendredi 29

ST SATURNIN

8h

12h

MENU

Samedi 30

ST ANDRÉ

MENU

Dimanche 1

STE FLORENCE

Avent

Journée mondiale de lutte contre le sida

MENU

QUIZ DE LA SEMAINE

Comment s'accorde « demi » dans la phrase ?

Il ne sonne les .... qu'un jour sur deux.

- ☐ **demi**
- ☐ **demie**
- ☐ **demis**
- ☐ **demies**

RÉPONSE

DU QUIZ

DÉCEMBRE 2024

	Lundi	Mardi	Mercredi	Jeudi	Vendredi	Samedi	Dimanche
SEMAINE 48	25	26	27	28	29	30	1 *Avent* *Journée mondiale de lutte contre le sida*
SEMAINE 49	2 *Journée internationale pour l'abolition de l'esclavage*	3	4	5	6	7	8
SEMAINE 50	9	10 *Journée internationale des droits de l'homme*	11	12	13	14	15
SEMAINE 51	16	17	18	19	20	21 *HIVER*	22
SEMAINE 52	23	24	25 *NOËL férié*	26	27	28	29
SEMAINE 1	30	31	1	2	3	4	5

leur / leurs

Quand faut-il mettre un s à leurs ?

* Leur est invariable lorsqu'il est employé comme pronom personnel. C'est le pluriel de lui.

Exemple : Je leur donne à manger.
(verbe)

On peut dire : « Je lui donne à manger. »

* Leur(s) est variable lorsqu'il est déterminant possessif. Il est placé devant un nom avec lequel il s'accorde.

Exemple : Les enfants prennent leur bonnet et leurs gants.
(nom commun) (nom commun)

On peut dire : « L'enfant prend son bonnet et ses gants. »

Lundi 2

STE VIVIANE

Journée internationale pour l'abolition de l'esclavage

8h

12h

MENU

Mardi 3

ST FRANÇOIS-XAVIER

8h

12h

MENU

Mercredi 4

STE BARBARA

8h

12h

MENU

TO DO DE LA SEMAINE

- ☐
- ☐
- ☐
- ☐
- ☐
- ☐
- ☐
- ☐

DÉCEMBRE 2024

LUN.	MAR.	MER.	JEU.	VEN.	SAM.	DIM.
						1
2	3	4	5	6	7	8
9	10	11	12	13	14	15
16	17	18	19	20	21	22
23	24	25	26	27	28	29
30	31					

Jeudi 5

ST GÉRALD

8h

12h

MENU

Vendredi 6

ST NICOLAS

8h

12h

MENU

Samedi 7

ST AMBROISE

MENU

Dimanche 8

IMMACULÉE CONCEPTION

MENU

QUIZ DE LA SEMAINE

Quelle est la bonne orthographe de « leur » dans la phrase ?

Ce dessin animé ne . . . . a pas plu.

☐ **leur** ☐ **leurs**

RÉPONSE DU QUIZ

Lundi 9

ST PIERRE FOURIER

8h

12h

MENU

Mardi 10

ST ROMARIC

Journée internationale des droits de l'homme

8h

12h

MENU

Mercredi 11

ST DANIEL

8h

12h

MENU

TO DO DE LA SEMAINE

- ☐
- ☐
- ☐
- ☐
- ☐
- ☐
- ☐
- ☐

DÉCEMBRE *202*

LUN.	MAR.	MER.	JEU.	VEN.	SAM.	DIM.
						1
2	3	4	5	6	7	8
9	**10**	**11**	**12**	**13**	**14**	**15**
16	17	18	19	20	21	22
23	24	25	26	27	28	29
30	31					

Jeudi 12

ST CORENTIN

8h

12h

MENU

Vendredi 13

STE LUCIE

8h

12h

MENU

Samedi 14

STE ODILE

MENU

Dimanche 15

STE NINON

MENU

QUIZ DE LA SEMAINE

Quelle est la bonne orthographe de « leur » dans la phrase ?

.... vêtements sont neufs, ils ont coûté cher.

☐ **leur** ☐ **leurs**

RÉPONSE
DU QUIZ

Décembre 2024

SEMAINE 5

Lundi 16

STE ALICE

8h

12h

MENU

Mardi 17

STS GAËL, JUDICAËL

8h

12h

MENU

Mercredi 18

ST GATIEN

8h

12h

MENU

TO DO DE LA SEMAINE

☐ .... ☐ ....

☐ .... ☐ ....

☐ .... ☐ ....

☐ .... ☐ ....

DÉCEMBRE 202

LUN.	MAR.	MER.	JEU.	VEN.	SAM.	DIM.
						1
2	3	4	5	6	7	8
9	10	11	12	13	14	15
16	**17**	**18**	**19**	**20**	**21**	**22**
23	24	25	26	27	28	29
30	31					

Jeudi 19

ST URBAIN

8h

12h

MENU

Vendredi 20

ST THÉOPHILE

8h

12h

MENU

Samedi 21

ST PIERRE CANISIUS
HIVER

MENU

Dimanche 22

STE FRANÇOISE-XAVIÈRE

MENU

QUIZ DE LA SEMAINE

Quelle est la bonne orthographe de « leur » dans la phrase ?

J'ai eu envie de . . . . faire plaisir.

☐ leur ☐ leurs

RÉPONSE DU QUIZ

Décembre 2024

Lundi 23

ST ARMAND

8h

12h

MENU

Mardi 24

STE ADÈLE

8h

12h

MENU

Mercredi 25

ST EMMANUEL
NOËL
férié

8h

12h

MENU

TO DO DE LA SEMAINE

- ☐
- ☐
- ☐
- ☐
- ☐
- ☐
- ☐
- ☐

DÉCEMBRE 2024

LUN.	MAR.	MER.	JEU.	VEN.	SAM.	DIM.
						1
2	3	4	5	6	7	8
9	10	11	12	13	14	15
16	17	18	19	20	21	22
23	**24**	**25**	**26**	**27**	**28**	**29**
30	31					

Jeudi 26

ST ÉTIENNE,
STE FAMILLE

8h

12h

MENU

Vendredi 27

ST JEAN

8h

12h

MENU

Samedi 28

STS INNOCENTS

MENU

Dimanche 29

ST DAVID

MENU

QUIZ DE LA SEMAINE

Quelle est la bonne orthographe de « leur » dans la phrase ?

C'est . . . . dernière chance de réussir.

☐ **leur** ☐ **leurs**

RÉPONSE
DU QUIZ

Décembre 2024

SEMAINE

Lundi 30

ST ROGER

8h

12h

MENU

Mardi 31

ST SYLVESTRE

8h

12h

MENU

Mercredi 1

ST CLAIR
NOUVEL AN
férié

8h

12h

MENU

TO DO DE LA SEMAINE

- [ ]
- [ ]
- [ ]
- [ ]
- [ ]
- [ ]
- [ ]
- [ ]

DÉCEMBRE 2024

LUN.	MAR.	MER.	JEU.	VEN.	SAM.	DIM.
						1
2	3	4	5	6	7	8
9	10	11	12	13	14	15
16	17	18	19	20	21	22
23	24	25	26	27	28	29
30	31					

Jeudi 2

ST BASILE

8h

12h

MENU

Vendredi 3

STE GENEVIÈVE

8h

12h

MENU

Samedi 4

ST ODILON

MENU

Dimanche 5

ST ÉDOUARD

MENU

QUIZ DE LA SEMAINE

Quelle est la bonne orthographe de « leur » dans la phrase ?

Personne ne . . . . reproche cette erreur.

☐ **leur** ☐ **leurs**

RÉPONSE DU QUIZ

58, rue Jean-Bleuzen
92178 Vanves Cedex

Mise en pages : Frédéric Voisin
Illustrations : © Shutterstock

Le contenu est extrait du livre *Finies les fautes !* de MaitressAdeline paru en août 2022
aux Éditions Marabout.

Achevé d'imprimer en Chine en janvier 2023 sur les presses de Starlite
Dépôt légal : juin 2023
36-7945-1
978-2-501-17823-5

liste de courses

liste de courses

liste de courses

liste de courses

liste de courses

liste de courses

liste de courses

liste de courses

liste de courses

liste de courses

liste de courses

liste de courses

liste de courses

liste de courses

liste de courses

liste de courses

liste de courses

liste de courses

liste de courses

liste de courses

liste de courses

liste de courses

liste de courses

liste de courses

liste de courses

liste de courses

liste de courses

liste de courses

liste de courses

liste de courses

liste de courses

liste de courses

liste de courses

liste de courses

liste de courses

liste de courses

liste de courses

liste de courses

liste de courses

liste de courses

liste de courses

liste de courses

liste de courses

liste de courses

liste de courses

liste de courses

liste de courses

liste de courses

liste de courses

liste de courses

liste de courses

liste de courses

liste de courses

liste de courses

liste de courses

liste de courses

liste de courses

liste de courses

liste de courses

liste de courses

liste de courses

liste de courses

liste de courses

liste de courses

liste de courses

liste de courses

liste de courses

liste de courses

liste de courses

liste de courses

liste de courses

liste de courses

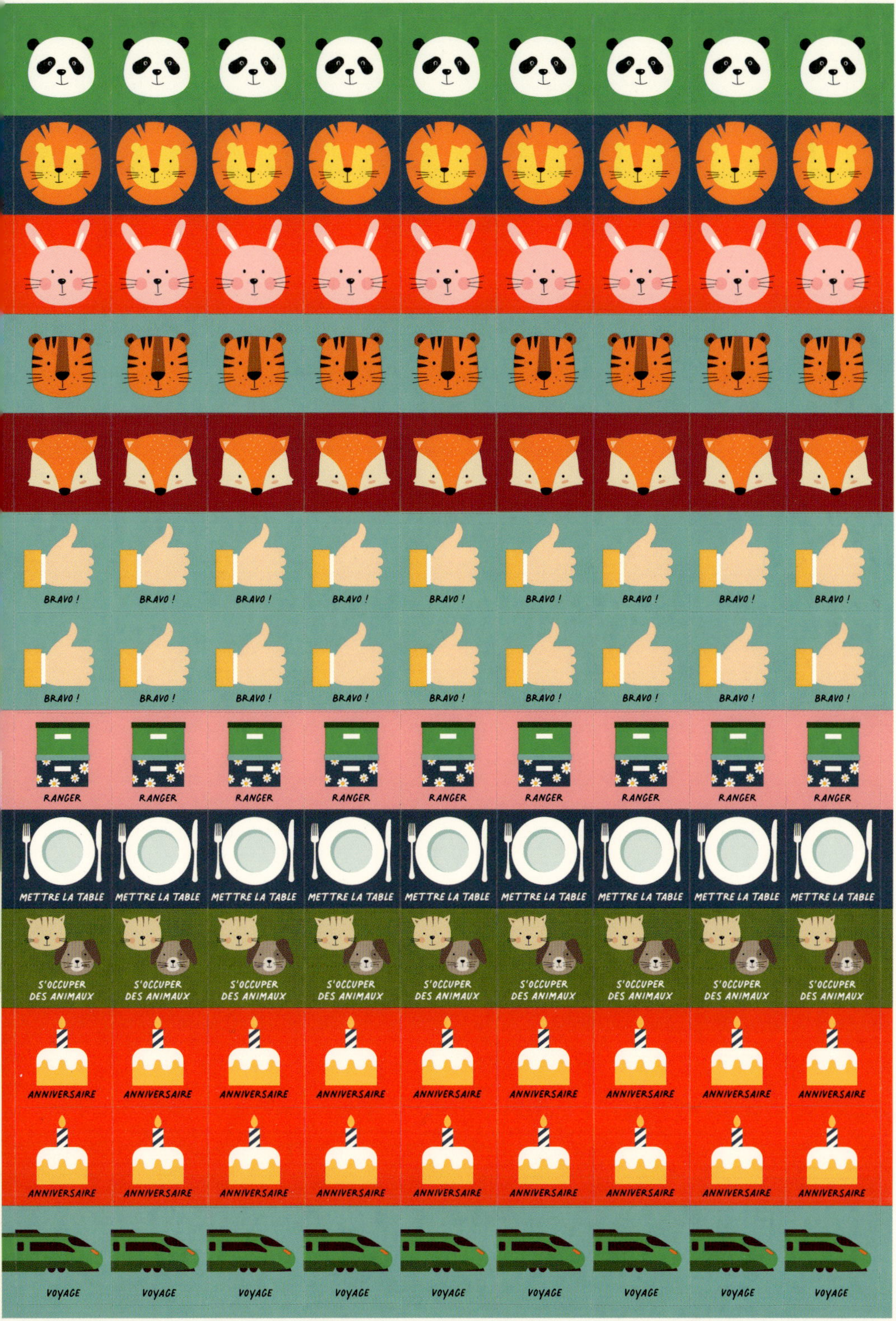
BRAVO !
BRAVO !
BRAVO !
BRAVO !
BRAVO !
BRAVO !
BRAVO !
BRAVO !
BRAVO !
BRAVO !
BRAVO !
BRAVO !
BRAVO !
BRAVO !
BRAVO !
BRAVO !
BRAVO !
BRAVO !
RANGER
RANGER
RANGER
RANGER
RANGER
RANGER
RANGER
RANGER
RANGER
METTRE LA TABLE
METTRE LA TABLE
METTRE LA TABLE
METTRE LA TABLE
METTRE LA TABLE
METTRE LA TABLE
METTRE LA TABLE
METTRE LA TABLE
METTRE LA TABLE
S'OCCUPER DES ANIMAUX
S'OCCUPER DES ANIMAUX
S'OCCUPER DES ANIMAUX
S'OCCUPER DES ANIMAUX
S'OCCUPER DES ANIMAUX
S'OCCUPER DES ANIMAUX
S'OCCUPER DES ANIMAUX
S'OCCUPER DES ANIMAUX
S'OCCUPER DES ANIMAUX
ANNIVERSAIRE
ANNIVERSAIRE
ANNIVERSAIRE
ANNIVERSAIRE
ANNIVERSAIRE
ANNIVERSAIRE
ANNIVERSAIRE
ANNIVERSAIRE
ANNIVERSAIRE
ANNIVERSAIRE
ANNIVERSAIRE
ANNIVERSAIRE
ANNIVERSAIRE
ANNIVERSAIRE
ANNIVERSAIRE
ANNIVERSAIRE
ANNIVERSAIRE
ANNIVERSAIRE
VOYAGE
VOYAGE
VOYAGE
VOYAGE
VOYAGE
VOYAGE
VOYAGE
VOYAGE
VOYAGE

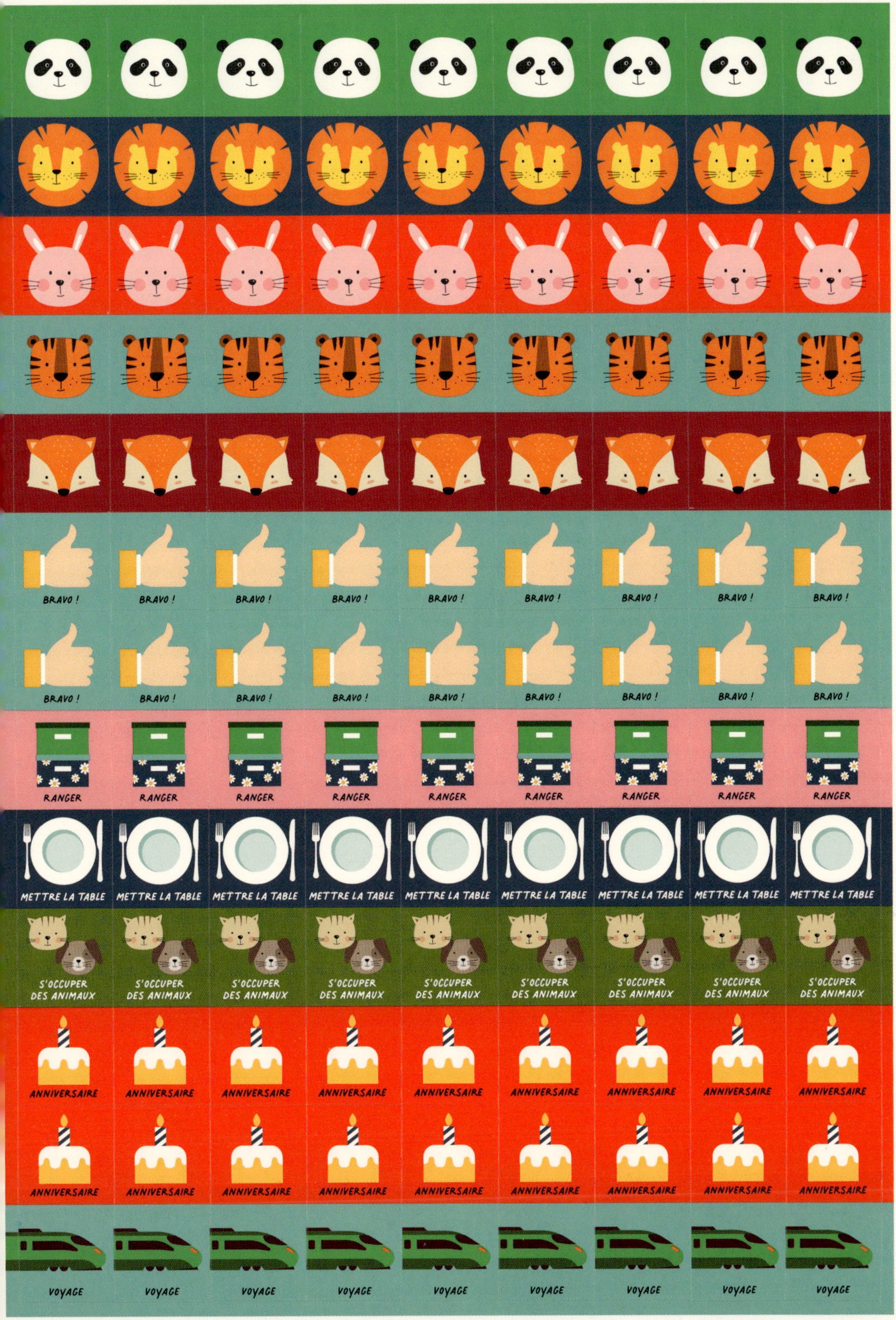
BRAVO ! BRAVO ! BRAVO ! BRAVO ! BRAVO ! BRAVO ! BRAVO ! BRAVO ! BRAVO !
BRAVO ! BRAVO ! BRAVO ! BRAVO ! BRAVO ! BRAVO ! BRAVO ! BRAVO ! BRAVO !
RANGER RANGER RANGER RANGER RANGER RANGER RANGER RANGER RANGER
METTRE LA TABLE METTRE LA TABLE METTRE LA TABLE METTRE LA TABLE METTRE LA TABLE METTRE LA TABLE METTRE LA TABLE METTRE LA TABLE METTRE LA TABLE
S'OCCUPER DES ANIMAUX S'OCCUPER DES ANIMAUX S'OCCUPER DES ANIMAUX S'OCCUPER DES ANIMAUX S'OCCUPER DES ANIMAUX S'OCCUPER DES ANIMAUX S'OCCUPER DES ANIMAUX S'OCCUPER DES ANIMAUX S'OCCUPER DES ANIMAUX
ANNIVERSAIRE ANNIVERSAIRE ANNIVERSAIRE ANNIVERSAIRE ANNIVERSAIRE ANNIVERSAIRE ANNIVERSAIRE ANNIVERSAIRE ANNIVERSAIRE
ANNIVERSAIRE ANNIVERSAIRE ANNIVERSAIRE ANNIVERSAIRE ANNIVERSAIRE ANNIVERSAIRE ANNIVERSAIRE ANNIVERSAIRE ANNIVERSAIRE
VOYAGE VOYAGE VOYAGE VOYAGE VOYAGE VOYAGE VOYAGE VOYAGE VOYAGE

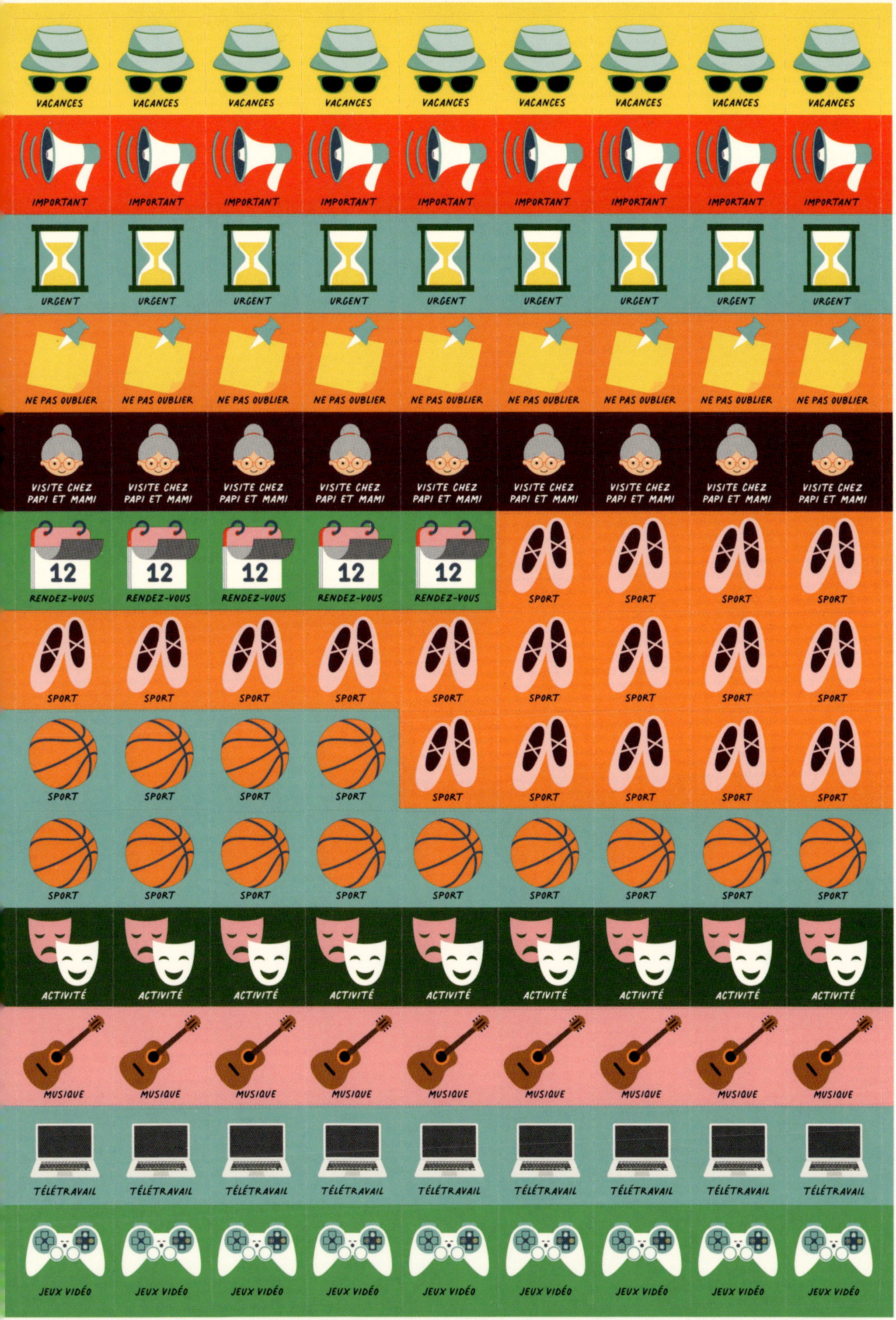
VACANCES
VACANCES
VACANCES
VACANCES
VACANCES
VACANCES
VACANCES
VACANCES
VACANCES
IMPORTANT
IMPORTANT
IMPORTANT
IMPORTANT
IMPORTANT
IMPORTANT
IMPORTANT
IMPORTANT
IMPORTANT
URGENT
URGENT
URGENT
URGENT
URGENT
URGENT
URGENT
URGENT
URGENT
NE PAS OUBLIER
NE PAS OUBLIER
NE PAS OUBLIER
NE PAS OUBLIER
NE PAS OUBLIER
NE PAS OUBLIER
NE PAS OUBLIER
NE PAS OUBLIER
NE PAS OUBLIER
VISITE CHEZ PAPI ET MAMI
VISITE CHEZ PAPI ET MAMI
VISITE CHEZ PAPI ET MAMI
VISITE CHEZ PAPI ET MAMI
VISITE CHEZ PAPI ET MAMI
VISITE CHEZ PAPI ET MAMI
VISITE CHEZ PAPI ET MAMI
VISITE CHEZ PAPI ET MAMI
VISITE CHEZ PAPI ET MAMI
12 RENDEZ-VOUS
12 RENDEZ-VOUS
12 RENDEZ-VOUS
12 RENDEZ-VOUS
12 RENDEZ-VOUS
SPORT
SPORT
SPORT
SPORT
SPORT
SPORT
SPORT
SPORT
SPORT
SPORT
SPORT
SPORT
SPORT
SPORT
SPORT
SPORT
SPORT
SPORT
SPORT
SPORT
SPORT
SPORT
SPORT
SPORT
SPORT
SPORT
SPORT
SPORT
SPORT
SPORT
SPORT
SPORT
SPORT
SPORT
SPORT
SPORT
SPORT
SPORT
SPORT
SPORT
ACTIVITÉ
ACTIVITÉ
ACTIVITÉ
ACTIVITÉ
ACTIVITÉ
ACTIVITÉ
ACTIVITÉ
ACTIVITÉ
ACTIVITÉ
MUSIQUE
MUSIQUE
MUSIQUE
MUSIQUE
MUSIQUE
MUSIQUE
MUSIQUE
MUSIQUE
MUSIQUE
TÉLÉTRAVAIL
TÉLÉTRAVAIL
TÉLÉTRAVAIL
TÉLÉTRAVAIL
TÉLÉTRAVAIL
TÉLÉTRAVAIL
TÉLÉTRAVAIL
TÉLÉTRAVAIL
TÉLÉTRAVAIL
JEUX VIDÉO
JEUX VIDÉO
JEUX VIDÉO
JEUX VIDÉO
JEUX VIDÉO
JEUX VIDÉO
JEUX VIDÉO
JEUX VIDÉO
JEUX VIDÉO

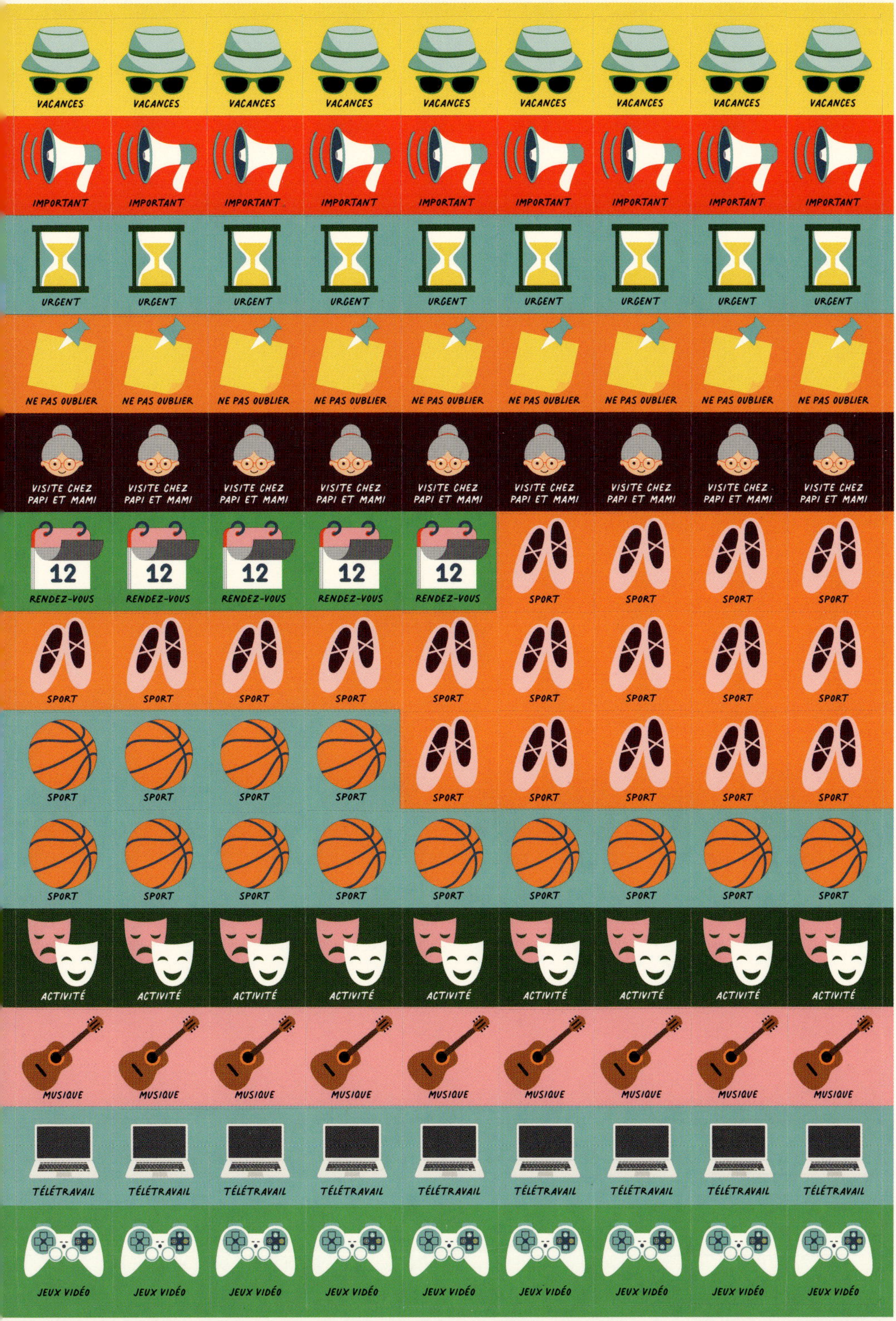

VACANCES
VACANCES
VACANCES
VACANCES
VACANCES
VACANCES
VACANCES
VACANCES
VACANCES
IMPORTANT
IMPORTANT
IMPORTANT
IMPORTANT
IMPORTANT
IMPORTANT
IMPORTANT
IMPORTANT
IMPORTANT
URGENT
URGENT
URGENT
URGENT
URGENT
URGENT
URGENT
URGENT
URGENT
NE PAS OUBLIER
NE PAS OUBLIER
NE PAS OUBLIER
NE PAS OUBLIER
NE PAS OUBLIER
NE PAS OUBLIER
NE PAS OUBLIER
NE PAS OUBLIER
NE PAS OUBLIER
VISITE CHEZ PAPI ET MAMI
VISITE CHEZ PAPI ET MAMI
VISITE CHEZ PAPI ET MAMI
VISITE CHEZ PAPI ET MAMI
VISITE CHEZ PAPI ET MAMI
VISITE CHEZ PAPI ET MAMI
VISITE CHEZ PAPI ET MAMI
VISITE CHEZ PAPI ET MAMI
VISITE CHEZ PAPI ET MAMI
12
RENDEZ-VOUS
12
RENDEZ-VOUS
12
RENDEZ-VOUS
12
RENDEZ-VOUS
12
RENDEZ-VOUS
SPORT
SPORT
SPORT
SPORT
SPORT
SPORT
SPORT
SPORT
SPORT
SPORT
SPORT
SPORT
SPORT
SPORT
SPORT
SPORT
SPORT
SPORT
SPORT
SPORT
SPORT
SPORT
SPORT
SPORT
SPORT
SPORT
SPORT
SPORT
SPORT
SPORT
SPORT
SPORT
SPORT
SPORT
SPORT
SPORT
SPORT
SPORT
SPORT
SPORT
ACTIVITÉ
ACTIVITÉ
ACTIVITÉ
ACTIVITÉ
ACTIVITÉ
ACTIVITÉ
ACTIVITÉ
ACTIVITÉ
ACTIVITÉ
MUSIQUE
MUSIQUE
MUSIQUE
MUSIQUE
MUSIQUE
MUSIQUE
MUSIQUE
MUSIQUE
MUSIQUE
TÉLÉTRAVAIL
TÉLÉTRAVAIL
TÉLÉTRAVAIL
TÉLÉTRAVAIL
TÉLÉTRAVAIL
TÉLÉTRAVAIL
TÉLÉTRAVAIL
TÉLÉTRAVAIL
TÉLÉTRAVAIL
JEUX VIDÉO
JEUX VIDÉO
JEUX VIDÉO
JEUX VIDÉO
JEUX VIDÉO
JEUX VIDÉO
JEUX VIDÉO
JEUX VIDÉO
JEUX VIDÉO